"

인도네시아
학교 속으로 여행

인도네시아
학교 속으로 여행
(나도 원어민 교사!!)

발행   2023년 10월 23일
저자   윤재식
펴낸이   한건희
펴낸곳   주식회사 부크크
출판사등록 2014. 07. 15(제2014-16호)
주소   서울특별시 금천구 가산디지털1로 119 A동 305호
전화   1670-8316
E-mail   info@bookk.co.kr
ISBN   979-11-410-4849-5

www.bookk.co.kr
ⓒ 윤재식, 2023

"

나도 원어민 교사!!

인도네시아
학교 속으로 여행

윤재식 지음

BOOKK✎

차례

들어가며

'나는 왜 원어민 교사가 되기를 꿈꾸었나?'

나는 33년 동안 중·고등학교에서 영어를 지도했다. 내가 언제부터 영어에 흥미를 갖기 시작했을까? 기억을 더듬어 보면 중학생 시절이다. 중학교에 입학하여 처음으로 영어를 배우기 시작했다. 입학한 학교에는 원어민 영어 교사, Jenny가 근무하고 있었다. 그녀는 평화봉사단(Peace Corps) 단원으로 일주일에 한 번씩 학급을 순회하며 학생들에게 영어를 가르쳤다. 평화봉사단은 미국 정부가 아프리카, 아시아, 중남미 저개발 국가에 교육, 행정, 보건 분야를 지원하기 위해 파견한 단원들이다. 비록 일주일에 한 번의 수업이었지만, 그녀를 통해 미국 문화를 접하게 되었다. 더불어 영어 과목에 더욱 관심을 두게 되어 영어 교사의 길로 들어서게 되었다.

오래전 나에게는 두 가지 꿈이 있었다. 첫 번째 꿈은 나의 둘째 딸 일기가 계기가 되었다. 딸의 담임 선생님이 내준 일기의 주제가 '아빠의 꿈'이었다. 딸에게 아빠의 꿈을 말하면서 '미국 유학'이라는 꿈을 꾸기 시작했고, 40대 중반의 나이에 학교를 휴직하고 미국으로 떠났다. 늦은 나이에 시작한 유학 생활은 쉽지 않았다. 특히 영어 원서를 읽고 영어로 글을 쓰는 것은 많은 시간이 걸렸다. 그러나 꿈을 이루기 위해 열심히 노력한 결과, 미국 오클라호마주에 있는 University of Central Oklahoma 주립대학에서 TESL(Teaching English as a Second Language) 석사 학위를 우수한 성적으로 취득했다. 길을 찾아 꿈을 이룬 것이다.

두 번째 꿈은 '원어민 교사'로 외국에서 현지 학생들을 지도하는 것이었다. 학교에서 학생들을 지도하면서 영어 원어민 교사의 협력 교사 역할을 했다. 그들에게 한글을 가르치고 한국 문화를 소개하면서 갖게 된 꿈이지만 이룰 수 없는 꿈으로만 생각되었다. 한국 문화와 한글이 국제사회에서 차지하는 위상이 높지 않았기 때문이다. 그러나 사회의 변화로 나의 내면 깊숙한 곳에만 존재했던 두 번째 꿈이 서서히 태동하게 되었다.

바로 한류 열풍과 다문화 사회로의 진입 때문이다. 한국 대중문화가 전 세계인의 관심과 사랑의 대상이 되기 시작했다. 동아시아 변방의 조그만 나라 대한민국의 문화가 지구촌 많은 국가에서 세계인의 마음을 사로잡기 시작했다. K-culture란 이름으로. 또한, 한국 사회가 단일민족 국가에서 다문화 사회로 접어들게 되었다. 고령화 사회로 진입하여 노인 인구 비율은 빠른 속도로 증가하고, 출생률은 매년 줄어들고 있다. 그러나 외국에서 들어오는 외국인들의 숫자는 점차 늘어나고 있다. 한국 사회에 '다양성 속의 통합'이 필요하게 된 것이다.

유네스코 아시아태평양 국제이해교육원에서 주최하는 '다문화 가정 대상 국가와의 교육 교류 사업'은 나의 두 번째 꿈을 실현하게 해주었다. 초·중·고 현직 교사를 대상으로 말레이시아, 인도네시아, 태국, 베트남, 몽골, 라오스 등으로 약 3개월 동안 파견하여 현지 학교에서 다양한 주제로 학생들을 지도하는 프로그램이다. 현지 학생들에게 한국 문화와 한국어를 지도하고 현지인과 생활하면서 현지 문화를 직접 체험할 수 있다. 주말을 이용해 현지 관광은 덤으로 주어진다.

나는 2019년에 '다문화 가정 대상 국가와의 교육 교류 사업'에 선발되어 인도네시아 자카르타와 팔렘방에 있는 중·고등학교에서 12주를 보냈다. 나의 두 번째 꿈인 원어민 교사로 인도네시아 현지 학교에서 학생들에게 한국 문화와 한글을 지도하면서.

여러 파견 국가 중에 인도네시아가 유독 나의 관심을 끌었다. 다민족 다종교 국가인 인도네시아의 모토가 '다양성 속의 통합'이었기 때문이다. 한국 사회가 빠른 속도로 다문화 사회로 진입하고 있기에 인도네시아 정부가 어떻게 '다양성 속의 통합'을 이루고 있는지 알고 싶었다.

인도네시아 파견 전부터 또한 현지에서 학생들을 가르치면서 '무엇을', '어떻게' 지도할 것인가에 대해 고민을 많이 했다. 언어의 장벽을 극복하고 내가 준비한 학습 주제를 현지 학생들에게 올바르게 전달해 만족할 만한 교육 성과를 거두기 위해.

한국을 벗어나 교육이라는 매개체로 외국에서 제자를 길러보고 싶지 않은가? 국경을 넘어 현지 학생들을 가르치는 당신의 모습을 상상하면서 한국어 원어민 교사가 되는 꿈을 꾸기 바란다. '원어민 교사'로 인도네시아에서 영원히 기억될 제자를 가르친 나의 이야기가 여러분에게도 해외에서 학생들을 지도하는 계기가 되길 바란다. 이 책에 소개한 주된 내용은 파견 교사로서 바라보고 경험한 인도네시아의 교육 제도, 학교, 학생 생활, 문화유적, 현지인과의 생활 등이다. 독자 여러분이 인도네시아를 이해하는 데 조금이나마 도움이 되기를 바란다.

part 1

국경을 넘는 가르침

나도 원어민 교사다

'확인하지 않은 메시지가 있습니다.'

모니터 구석에 보이는 문구다. '무슨 공문이 도착했을까?' 궁금한 생각에 마우스로 확인 버튼을 눌렀다. 공문 제목을 대충 읽으며 처리해야 할 내용을 살피는 중에 내 시선을 사로잡는 제목이 있었다.

'다문화 가정 대상 국가와의 교육 교류 사업 파견 교사 모집 안내'

'와! 나도 원어민 교사가 되어 볼까?'

1990년 중반부터 학교에 원어민 영어 교사가 배치되었다. 학생과 교사의 영어 의사소통 능력을 신장시키기 위한 목적이다. 약 33년 동안 영어 교사로 중·고등학교에 근무하면서 원어민 영어 교사의 협력 교사 역할을 몇 차례 경험했다. 협력 교사는 원어민 교사와 한 교실에 함께 들어가 공동수업을 진행한다. 학생들에게 원어민 교사의 말을 통역하기도 하고, 학생들이 원어민 선생님과의 대화에 적극적으로 참여하도록 유도한다. 원어민 교사가 문화와 생활 양식이 다른 외국에서 쉽게 적응하도록 일상생활에 도움을 제공하기도 한다. 오랜 시간을 함께 보내게 되니 자연스럽게 한국 문화를 소개하고 한국어를 가르칠 기회를 얻는다.

광양중학교에 근무할 때 원어민 교사 니키(Nikky)를 만났다. 캐나다에서 온 20대 후반의 여성이었다. 그녀는 한국 문화에 관심이 많았다. 한국에 대해 알기를 원해 일주일에 한 번씩 한국어를 가르치고 한국 문화에 관해 대화하는 시간을 가졌다. 나는 영어를 배우고 그녀는 한국에 대해 알아가는 시간이었다. 내가 그녀에게 물었다.

"니키, 한국에 오기 전에 아시아 국가 방문한 경험이 있나요?"
"유럽에 있는 나라는 간 적이 있지만 아시아 국가는 처음입니다."
"니키는 왜, 먼 한국에 올 생각을 했죠?"
"돈을 벌면서 새로운 나라의 문화를 경험하고 여행도 할 수 있는 좋은 기회라 생각해서요."

매우 부러웠다. 아니 질투가 났다. '나도 니키처럼 외국에서 학생들을 가르칠 기회를 얻었으면'하는 바람이었다. 단지 영어를 모국어로 사용하는 이유로 특별한 자격없이 외국에서 교사로 생활할 수 있다니? 보수도 적지 않다. 원어민 교사의 봉급은 4등급으로 나누어진다. 2023년 기준 최고 등급은 월 270만 원을 받는다.

그들은 여행을 즐긴다. 주말이나 방학을 이용해 국내 혹은 국외로 여행을 떠난다. 나는 '한글이 영어처럼 세계 공용어라면 좋을 텐데' 라고 생각하곤 한다. 영어 공부를 힘들어하고 싫어하는 학생들도 마찬가지다. 세계인들이 한국어와 한국 문화에 관심을 가져 '나에게도 저런 기회가 생기면 좋을 텐데'라는 생각을 많이 했다.

나는 영어 교사로 운이 좋았다. 영어권 국가에서 어학연수를 받고 한국을 알릴 기회를 경험했다. '국제교육진흥원 해외연수 선발 프로그램'에 선정되어 1996년에 호주에서 3주간 어학연수를 했다. 호주 수도 캔버라시에 있는 캔버라 대학에서 3주간의 어학연수와 1주일 동안 호주 및 뉴질랜드에서 현장 연수를 하는 프로그램이었다. 대학에서 영어 교수법을 배우고 홈스테이 가정에서 생활하면서 자연스럽게 실용 영어를 익힐 수 있었다. 한국이라는 나라에 익숙하지 않은 외국인들에게 한국 문화와 전통 놀이를 소개하는 시간을 가졌다.

1997년에는 국제이해교육 증진을 목적으로 해외 중학교와 자매결연을 담당하게 되었다. 학교 소개와 학교 간 교류를 희망한다는 편지를 작성했다. 인터넷을 검색하여 미국과 캐나다에 있는 학교에

무작위로 메일을 보냈다. 매일 메일을 확인했지만, 부정적인 답만 있었다. 어느 날 미국 실리콘밸리에 있는 피터슨 중학교(Peterson Middle School)에서 교류를 희망한다는 메일이 도착했다. 여러 번 메일을 교환하는 과정을 거쳐 교장, 학생회장과 함께 1주일간 피터슨 중학교를 방문했다. 현지 학교장, 교육청 관계자를 만나서 자매 결연증서에 서명하고 한국 교육 제도를 소개하는 소중한 경험을 했다.

2002년에는 '로터리클럽 교환사업 프로그램'에 선발되었다. 한 달 동안 미국 노스캐롤라이나(North Carolina)주에 있는 로터리클럽을 방문하는 민간외교 활동이었다. 지역별 로터리클럽 회의에 참석해서 한국 문화를 소개했다. 미국인 가정에서 홈스테이하면서 영어 실력도 높이고 문화 교류 시간도 가졌다.

2010년으로 접어들면서 한국 사회가 많이 변화되었다. '한류'라는 신조어가 등장했다. 한류는 좁게는 음악, 영화, 드라마와 같은 대중문화부터 시작하여 넓게는 패션, 화장품, 음식, 관광, 무술, 산업 등 대한민국의 모든 문화가 전 세계에 퍼져 알려지게 된 현상이다. 한국 문화가 주류 문화로 새롭게 등장하게 된 것이다. 전 세계인들이 한국 문화에 관심을 두기 시작했으며 한국어를 배우고자 하는 수요가 폭발적으로 증가했다.

2000년대 또 다른 사회 변화는 '다문화 가정'의 증가다. 대한민국은 단일민족사회에서 다문화 사회로 접어들었다. 다문화 사회란 민족, 인종, 문화적으로 다원화되어 있는 사회로 한 국가나 사회 속에 여러 다른 생활 양식이 존재한다. 변화의 원인은 다양하다.

첫째, 외국인 노동자의 증가다. 내국인이 더럽고, 힘들고, 위험한 직업을 피하면서 산업 현장에서 노동력이 부족하게 되었다. 정부는 부족한 일손을 보충하기 위해서 '외국인고용허가제', '방문취업제'와 같은 정책을 펼쳤다. 결과적으로 동남아시아 노동자들이 많이 국내로 들어와 한국인이 꺼리는 직업에 종사하게 되었다.

둘째, 국제결혼의 증가이다. 산업화가 진행되면서 농·어촌인구가 급격히 감소했다. 결혼해서 시골에 정착해 살려는 처녀들이 줄어들면서 농·어촌 총각들이 결혼하기가 점점 힘들어졌다. 1990년대 말부터 농·어촌 총각과 동남아시아 여성과의 국제결혼이 증가했고, 한국인과 외국인 부부로 구성된 다문화 가정이 늘어났다. 또한, 한류가 전 세계에 널리 퍼지면서 2000년대 이후에 유학과 사업 목적으로 국내에 들어온 외국인이 증가했다. 그들이 고국으로 돌아가지 않고 한국 사회에 정착한 것도 다문화 가정 증가의 원인이다.

나는 1989년에 교직에 입문했다. 첫 발령지는 전남 고흥군 포두면에 있는 포두중학교였다. 포두면에는 중학교가 3개 있었다. 현재두 개 학교는 폐교되었고, 포두중학교만 남아 있다. 당시에 한 학년에 3개 반이 있었는데 현재는 한 학년에 한 학급만 있으며, 학생

수도 전교생이 약 40명이다. 농·어촌 인구의 급격한 변화를 실감할 수 있다. 읍 단위를 제외하고 전라남도 농·어촌에서 전교생 50명 이상의 학교를 찾아보기가 어려운 현실이다.

그런데 한류의 급속한 전파, 다문화 가정의 증가로 꿈에 그리던 원어민 교사가 될 기회가 주어진 것이다. '다문화 가정 대상 국가와의 교육 교류 사업'은 유네스코 아시아태평양 국제이해교육원에서 주관한다. 파견 기간은 3개월로 현지 학교에서 교사로 근무하게 된다. 대상 국가는 말레이시아, 몽골, 캄보디아, 태국, 인도네시아. 필리핀, 라오스다. 교장 선생님께 프로그램의 의의 및 참가하고자 하는 의지를 말씀드렸다. "저도 평교사라면 이런 프로그램에 꼭 참여하고 싶군요. 새로운 경험을 통해서 많은 것을 배우고 귀국해 우리 학생들이 타문화를 열린 마음으로 받아들일 수 있도록 지도해 주시기 바랍니다." 교장 선생님은 흔쾌히 지원을 허락했다.

파견 교사 선정은 1차 서류 전형, 2차 면접을 거쳐 국가별로 8~10명을 선발한다. 서류 전형 합격 후 서울에 있는 '유네스코 아시아태평양 국제이해교육원'에서 면접을 거쳐 6월 말에 최종 선발되었다. 교직 생활을 하면서 항상 마음속에 품고 있던 꿈이 드디어 실현되는 순간이었다.

나도 이제 원어민 교사다!!

'어디서' 가르칠 것인가?

누군가 당신에게 다음과 같이 질문한다면, 해당하는 나라가 바로 떠오르는가?

◇ 지구상에서 이슬람 신자가 가장 많은 나라는?

◇ 세계에서 4번째로 인구가 많고, 활화산이 가장 많이 분포된 국가는?

◇ 17,000여 개의 섬으로 이루어지고 동서로 5,120km 넓게 펼쳐진 나라는?

정답은 모두 '인도네시아'다. 일반 상식에 밝은 사람은 쉽게 답을 떠올릴 것이다. 하지만 '어딜까?'하고 궁금해하는 분도 있을 것이다. '다문화 가정 대상 국가와의 교육 교류 사업'에 참가하기 전에는 나 역시 인도네시아에 대해 아는 정보가 없었다. 수도는 '자카르타'고, 유명한 휴양지인 '발리'가 있는 나라일 뿐이었다.

프로그램 파견 지원서에는 지원자가 3개월 동안 파견 근무할 국가를 선택하게 되어있다. 선택지는 몽골, 태국, 필리핀, 말레이시아, 인도네시아다. '어디서 학생들을 지도해야 할까?', '무엇을 고려해 국가를 선택할까?' 하는 문제에 부딪혔다. 살아가면서 우리는 매 순간 선택에 직면하게 된다. 인생의 방향을 어느 쪽으로 잡을 것인지에 대해 고민한다. 잘못된 선택은 쉽게 되돌릴 수 없으므로 뒤늦게 자신의 결정에 후회하기도 한다. 모든 일을 신중하게 처리하는 성격이지만 나 역시 잘못된 선택을 하고 뒤늦게 '이 길이 아닌 다른 길을 선택했더라면' 하고 아쉬워하곤 한다. 인간은 '삶' 속에서 여러 길을 한꺼번에 갈 수 없고 하나하나 순차적으로 선택해야 하는 여행자와 같다. 후회하지 않을 올바른 길로 방향을 잡기 위해 선택지에 있는 나라들의 정보를 수집했다.

몽골, 필리핀, 태국은 관광을 목적으로 몇 차례 방문한 나라다. 짧은 기간 동안 단체 관광으로 그 나라의 속살을 자세히 알 수는 없다. '패키지여행'으로 실질적인 문화 체험을 할 수는 없었지만, 이번 프로그램에서 나의 관심 대상국은 아니다. 지금까지 가보지 않은 나라가 우선순위가 되었다. 인도네시아와 말레이시아다. 두 나라로 선택의 범위를 좁혀 정보를 찾는 중에 인도네시아가 내 마음을 사로잡았다.

'인도네시아'라는 국가명은 그리스어 '인도스'와 '네소스'가 합쳐진 것이다. '인도양의 섬들'이라는 뜻이다. 국가가 적도에 걸쳐 있어 '적도의 푸른 보석'이라는 애칭으로도 불린다. 국가명에서 알 수 있듯이 인도네시아는 약 17,000개의 많은 섬으로 이루어져 있다. 서쪽의 수마트라섬에서 동쪽의 뉴기니섬까지 약 5,120km로 동서로 넓게 펼쳐진 국가로 세계에서 4번째로 인구가 많은 나라다. 수백 개의 다양한 민족이 다양한 언어를 사용하고 있기에 인도네시아 정부는 '다양성 속의 통합'을 추구한다. 인도네시아에서 생활하면서 인도네시아 정부가 '다양성 속의 통합을' 어떻게 실현하고 있는지 직접 경험하고 느껴보고 싶었다. 한국 사회도 통합이 강조되는 시대에 접어들었기 때문이다. 외국인 노동자 증가, 외국인과 결혼 가정 증가로 한국 사회도 빠른 속도로 다문화 사회로 접어들고 있다.

국내에서는 이슬람 문화를 체험할 기회가 많지 않다. 이슬람 국가하면, 당신은 무엇이 생각나는가? 사막, 낙타, 석유, 히잡, 무장단체 등이 떠오를 것이다. 중동에 있는 국가들이 대부분 이슬람 문화권에 해당한다. 하지만 인도네시아 국민 약 90%는 이슬람 신자로 세계 최대 이슬람 국가이다. 그렇다고 이슬람이 인도네시아의 국교는 아니다. 이슬람교를 포함하여 기독교, 힌두교, 불교, 유교 등 신앙의 자유가 보장된다. 특히, 한국인에게 잘 알려진 발리는 힌두교가 주류를 이루어 힌두 문화를 경험할 수 있는 곳이다. 나에게 이슬람 문화는 배타적으로 멀리하기보다 좀 더 밀접해서 체험하고 싶은 문화다. 다문화 사회에서는 종교, 언어 차이로 서로를 배타적으로 대하기보다 타문화에 대해 수용적이고 개방적인 자세를 갖는 것이 중요하기 때문이다.

인도네시아에는 약 147개의 화산이 분포되어 있다. 지리적으로 화산이 많이 발생하는 불의 고리(환태평양 조산대)에 자리하고 있기 때문이다. 1815년 탐보라산 폭발은 지난 200년 인도네시아 역사상 가장 피해가 큰 폭발이었다. 10,000명 이상의 사람이 사망했고, 농작물에 발생한 피해로 많은 사람이 기근과 질병으로 사망했다. 상대적으로 화산 활동에서 안전한 말레이시아보다 인도네시아가 더 매력적으로 다가오는 이유는 무엇일까?

당신에게 새 학기는 어떤 의미인가? 학교를 옮기는 새 학기에는 맡을 업무에 대한 부담감도 있지만, 나는 항상 마음이 설렌다. 새로운 학교, 새로운 학생에 대한 기대감 때문이다. 어디서 가르칠 것인가에 대해 정보를 수집하면서 마치 새 학기를 맞이하는 기분이었다. 지금까지 경험하지 않은 미지의 세상, 낯선 문화와 환경에서 새로운 학생들을 가르치고 싶은 교사의 욕망이 마음속에서 꿈틀대기 때문이다.

'무엇을', '어떻게' 가르칠 것인가?

'교사들의 고민은 무엇일까?'라는 생각을 자주 한다. 동료 교사들과 대화를 통해 살펴본 생활인으로 교사의 고민은 다양하다. 자녀가 어린 젊은 교사는 육아 문제로 고민한다. 아이가 아파서 유치원, 학교에 갈 수 없을 때 병원에 데리고 가거나, 돌봐줄 사람이 없어서 힘들어한다. 자녀가 성장하면서는 '어떻게 하면 내 아이가 공부를 잘할 수 있을까? 좋은 대학에 진학할 수 있을까?'하고 고민이 변한다. 이 밖에도 재테크, 취업, 결혼 등 다양한 고민을 한다. 경제 문제에 관심 많은 교사는 어떻게 재테크를 하여 재산을 불릴 수 있을까 고민한다. 성인 자녀를 둔 사람은 우리 집 아이가 빨리 안정적이고 좋은 직장을 구했으면 좋겠다고 말한다. 결혼 적령기를 넘긴 자녀를 둔 사람은 우리 집 아이는 결혼 생각을 안 해 고민이라고 한다.

그러면, 직업인으로 교사는 어떨까? 교사들이 주로 고민하는 것은 학생 생활 지도와 교과 지도이다. 요즘은 학생 자살과 학교 폭력이 사회문제로 심각하게 대두되고 있다. 통계청 자료 「아동·청소년 삶의 질 2022」에 따르면 청소년 사망 원인 1위는 자살로 국내 0~17세 아동 청소년 자살률은 2021년 기준 10만 명당 2.7명에 달한다. 교육부에서 실시한 2022년 1차 학교 폭력 실태 조사 결과 발표에 의하면 피해 응답률은 1.7%이다. 피해 유형별로 살펴보면 언어폭력(41.7%), 집단 따돌림(14.5%), 신체 폭력(12.4%), 사이버 폭력(9.8%) 순이다. 언제 발생할지 모르는 학교 폭력과 학생 자살률 증가로 담임 교사는 항상 살얼음판 위를 걷는 것 같은 불안감을 떨쳐버리지 못한다. 결과적으로 학기 초에 담임 기피 현상과 학생 생활 지도부 업무를 거부하는 일이 발생하고 있다.

학생 생활 지도와 함께 항상 교사의 뇌리에 박혀있는 문제가 있다. 바로 '교과 지도'다. 나 역시 영어 교과 내용 중에서 '무엇'을 '어떻게' 지도하고 '어떻게' 평가할 것인가로 고민한다. 과거에는 교과서 중심으로 단편적인 지식을 일방적으로 전달했다면, 현재는 교사가 학습 목표를 달성하고 인성 함양을 위해 수업 시간에 여러 가지를 노력해야 한다. 교과서의 많은 내용을 전달하기보다는 핵심 요소를 지도하기 위해 교과서를 재구성하고, 독서 토론 수업을 통하여 학생들의 사고력과 토론 능력을 기르기도 한다. 학교 폭력을 예방하고 학생 자존감 향상, 학교생활의 안전을 위해 타 교과와 연계 수업 및 통합 교육을 한다. 또한, 교사는 학기 중 혹은 방학 동안을 이용하여 학생 생활 지도, 교과 지도와 관련된 다양한 연수를 받는다. 나 역시 초년 교사 시절에는 '교과 지도', '수준별 이동 수업', '컴퓨터', '평가'와 관련된 연수를 받았다. 중견 교사가 되면서 '청소년 상담', '대화법', '토론 수업', '다문화 교육', '학교 폭력 및 자살 예방' 분야에 관심을 가지고 교사로서 자질을 높이기 위해 노력했다.

'다문화 가정 대상 국가와의 교육 교류 사업'에 선발되어 '나도 이제 원어민 교사다'하는 기쁨도 잠시였다. 두려움이 가슴 한쪽으로 물밀 듯 밀려들었다. '파견 기간 3개월 동안 직업인으로 교사의 고민에서 벗어나 자유로움을 만끽해야지' 하는 생각도 찰나의 행복이었다. 다시 직업병이 되살아났다. 인도네시아 학생들에게 '무엇을', '어떻게' 가르칠 것인가? 하는 생각이 머릿속에 매일 맴돌았다. '같은 언어를 사용하고, 같은 문화를 공유하는 학생들도 지도하기 어려운데 하물며 언어와 문화 양식이 전혀 다른 아이들에게 내가 잘 지도할 수 있을까?' 하는 두려움. '학생들이 한국이란 나라와 한국 문화에 관심이 있을까?' 하는 생각이 들었다. 호기심과 알고자 하는 열정만큼 좋은 교수법은 없기 때문이다.

'인도네시아 학생들의 관심을 끌고 한국을 알릴 수 있는 수업 내용이 무엇이 있을까?'를 몇 날 며칠 동안 고민했다. '찾으면 길이 있다'라는 말처럼 고민하니 몇 가지 주제가 떠올랐다. 한지 공예, 전통 놀이, 전통 민요, 자원 재활용, 한글, 우표를 활용한 교육이다.

'무엇을 가르칠지' 방향을 잡은 것이다. 홀로 깊은 산속에서 나침반을 이용해 내가 나아가야 할 길을 찾은 기분이었다. 하지만 우표와 한글을 제외하고는 낯설고 익숙하지 않은 주제다. 파견 전에 관련된 자료를 찾고 연수받으면, '어떻게' 가르칠지 문제에 대한 실마리도 찾을 수 있겠다는 희망이 살아났다.

우표를 이용한 수업은 참관한 기회가 있어 낯선 주제는 아니다. 미국 유학 시절 지역 도서관에서 경험했다. 강사는 70대 후반쯤 되는 연로하신 여성분이셨다. 세계 각국의 다양한 종류의 우표를 큰 상자 안에 가득 넣어 가져와서 수강하는 학생들이 마음에 드는 우표를 10장씩 고르게 했다. 우표에 그려진 국기, 동물, 새, 숫자, 건물, 문양 등을 보면서 영어로 설명하고 질문하는 방식으로 수업을 이끄는 모습이 인상적이었다. 나의 두 딸도 흥미를 갖고 수업에 참여했는데 어느 날은 막내딸이 한국 우표를 찾았다고 뛸 듯이 기뻐했다. 그 이후로 내 딸은 우표를 활용한 수업에 더욱 관심을 지니고 적극적으로 참여했다. 그때 깨달았다. 최고의 교수법은 학생의 관심과 호기심을 불러일으키는 것이라는 사실을.

내 주변인들은 말한다. "교사는 방학이 있어서 좋겠다." 맞는 말이다. 방학 동안은 학생들과 부대끼지 않으니 '생활 지도'와 '교과 학습 지도'에서 잠시나마 벗어날 수 있다. 하지만 한여름에 열심히 일하는 개미 옆에서 살랑살랑 불어오는 시원한 바람을 맞으며 나무 그늘에서 노래하는 베짱이처럼 마냥 노는 교사는 없다. 많은 교사

는 자신의 관심사를 찾아 끊임없이 연구하고 '어떻게' 지도할지에
대해 고민하고 연수하는 시간을 갖는다.

여름방학 동안 나 역시 새로운 인생 경험을 위한 준비 기간이었
다. 먼저 한지 공예를 지도하는 공방을 찾아갔다.
"무슨 일이시죠?"
"한지 공예 배우러 왔습니다."
"자녀들 가르치시게요."
"아뇨, 제가 배우려고요."

강사 선생님이 놀라는 표정을 지었다. 배우려는 목적을 말씀드리
자 '연필꽂이'와 '전등 갓' 만들기를 제안했다. 짧은 시간이었지만
선생님에게 하나하나 배우면서 한지의 아름다움과 매력에 흠뻑 빠
져들 수 있었다. 그러나 하나의 작품을 완성하는데 생각보다 많은
시간이 걸려 인도네시아 학생들에게 지도하기 곤란하다는 생각이
들었다.

고은 시인은 <그 꽃>이라는 시에서 다음과 같이 말했다. "내려갈
때 보았네. 올라갈 때 보지 못한 그 꽃." 관심을 가지자 새로운 것
이 눈에 들어왔다. 평소에는 지나쳤던 연수 제목이 눈에 확 다가왔
다. 우정교육원에서 여름방학에 하는 '우표를 활용한 교육'이라는
연수다. 우표를 활용해서 수업을 진행하는 교사들의 다양한 수업
모형을 배우고 수업을 설계하는 과정을 경험했다. 강사들에게 수업

과 관련된 자료를 얻고 조언받으며 우표를 이용한 수업이 인도네시아 학생들의 흥미와 관심을 끌 수 있겠다는 확신을 얻었다.

한동안 수업 주제와 방법 즉 '무엇을', '어떻게' 가르칠 것인가에 대해 고민했다. 처음에는 갯벌에 발이 빠져 나아갈 길을 찾지 못하고 비틀대는 상황 같았다. 그러나 방학 기간에 받은 연수와 수업에 대한 고민으로 수렁에서 한발 한발 벗어날 수 있었다. 사방이 막힌 어두운 방에서 탈출하여 밝은 희망의 햇살이 비치는 평원을 거니는 나를 볼 수 있었다.

찾아라, 당신에게도 길은 있다

일기를 쓰던 초등학교 3학년 둘째 딸이 아주 호기심 어린 발랄한 목소리로 질문한다.

"아빠! 아빠! 꿈이 뭐야?"

"왜?"

"선생님이 '아빠의 꿈'에 대한 주제로 일기를 써오라고 해서."

"음……, 아빠 꿈이 뭐였지?"

내가 뜸을 들이다 대답했다.

"선생님이었지."

"아니, 앞으로의 꿈. 아빠가 앞으로 하고 싶은 일 말이야?"

'아빠는 어린 시절 꿈을 이루었으니, 너도 커서 너의 꿈을 이루기를 바란다.' 하는 심정으로 '선생님'이라고 답했는데 '미래의 꿈'이라니 당황스러웠다. 과연 아빠의 장래 희망은 무엇일까? 하는 궁금증과 힘든 숙제를 빨리 끝내고 잠을 자고 싶다는 표정이 아이의 얼굴에 교차하여 보였다. 나의 대답을 빨리 듣고 싶어 하는 딸아이의 재촉에 머뭇거리다 '미국 유학'하고 말끝을 흐리며 대충 대답했다. 그러자 조금 전 잠에 취한 모습은 온데간데없고 딸은 깜짝 놀라며 큰 소리로 물었다.

"그럼 우리 모두 미국 가는 거야?"
나의 대답은 듣지 않고 기다렸다는 듯이 만족스러운 표정을 지으며 언니와 동생에게 "아빠의 꿈은 미국 유학이래, 우리 모두 미국 갈 수 있데" 떠들어대며 일기 숙제를 마무리하려고 자기 방으로 들어갔다. 둘째 딸과 나의 대화를 듣던 아내는 야릇한 미소를 지었다. 당신의 꿈이 아이들에게 모두 공표되었으니 꿈을 이루기 위해 당장 노력해야 하지 않겠냐고 당부하는 듯이, 나는 당신의 꿈을 응원하고 당신을 믿는다는 듯이, '여보, 우리 모두 미국에 가서 한 번 살아보자' 하는 표정으로.

딸이 힘들어한 일기 숙제가 나의 '꿈', 청소년기에 희망한 '과거에 꾸었던 꿈'이 아닌, 교사로, 세 아이의 아빠로서 '미래의 꿈'에 대해 생각하게 해주었다. 월트 디즈니는 '꿈을 꿀 수 있다면 꿈을 실현할 수도 있다'라고 했다. 이제 '미국 유학'이라는 나의 '꿈'은 가족에게 발표되었다. 아니, 다음 날이면 딸의 담임 선생님과 학급 친구들에게 알려질 것이다. 주변 모든 사람이 알게 된 이상 '꿈속에서 존재하는 꿈'이 아닌 '현실에서 달성해야 하는 꿈'이 되었다.

오늘의 꿈이 내일의 현실이 되도록 준비를 시작했다. 유학 시험에 통과하고 유학 생활에 필요한 영어 실력을 향상하기 위해 토익과 토플을 공부했다. 주말을 이용해 국내 대학에서 테솔(TESOL) 프로그램(영어가 모국어가 아닌 사람들을 대상으로 영어를 교육하는 영어 교사 양성 과정)을 1년간 이수했다. 테솔 과정을 이수하며 미국 대학에 대한 정보를 수집하여 마침내 2008년 여름부터 2년간 미국 중부 오클라호마주에 있는 'UCO'(University of Central Oklahoma) 주립대학에서 유학 생활을 했다. 딸의 일기가 계기가 되어 나의 몸속에 잉태된 미국 유학이라는 나의 꿈이 마침내 2년 만에 실현된 것이다.

당신의 미래 꿈은 무엇인가? 사람들은 나이가 들어갈수록 꿈을 꾸지 않는다. 아니, 마음속에 간직했던 꿈이 사라진다. 사막에서 만나는 신기루가 서서히 희미하게 사라지는 것처럼. '꿈'이라는 단어가 머릿속에서 차츰차츰 지워지고 현실에 안주하는 삶을 살아간다. '아빠의 꿈'이라는 딸의 일기 주제로 인해 '미국 유학'이라는 꿈을 실현한 후 나는 또다시 약 10년간 꿈이 없는 생활을 했다. 그러다 새로운 계기가 찾아왔다. '다문화 가정 대상 국가와의 교육 교류 사업'이다. 이 프로그램 참여는 익숙한 환경, 반복되는 생활, 변화 없는 학생 지도에서 벗어나 낯선 문화, 환경에서 새로운 나를 찾아가는 계기가 된 것이다.

당신이 낯선 환경과 문화에 놓인다면 어떤 느낌이 드는가? 익숙하지 않은 환경으로 인해 두려움이 몰려오는가 아니면 새로운 경험에 대한 열정이 마음속에서 용솟음치는가? 만약 당신이 후자라면 교사로 참여할 수 있는 해외 파견 근무를 권한다. 반복되는 일상과 익숙한 환경에서는 새로운 자아를 발견하기 어렵기 때문이다.

스페인 작가 발타자르 그라시안은 "홀로 서도록 해라. 누군가가 그대의 삶을 좀 더 풍부하게 만들어주기를 바란다면 자신을 더욱 불안스러운 상태로 몰아넣을 뿐이다"라고 했다. 사람은 나이가 들면서 삶을 풍성하게 만들 계기가 점점 줄어든다. 익숙한 환경에 적응하고 대인관계의 폭이 좁아지기 때문이다. 반면, 새로운 환경에서 홀로 서는 경험은 당신의 내면을 더욱 풍부하게 채우고 새로운 활력을 제공하여 인생의 참된 의미를 찾게 해줄 것이다.

외국에서 현지 학생들을 지도하기, 흥미롭지 않은가? '국경 없는 의사회' 소속 의료인들이 국경을 넘어 의술을 베풀 듯이, 교사들도 국경을 넘어 현지 학생들을 지도하는 길이 있다. 생각만 해도 멋지지 않은가? 나와는 거리가 먼 이야기라는 생각이 드는가? 아니다. 꿈을 갖고 준비하면 누구에게나 길은 열려 있다. 길을 찾지 않기 때문에 보이지 않을 뿐이다.

한국에 대해 알고자 하는 외국인들의 열망이 높아지면서 한국어와 한국 문화가 전 세계적으로 널리 퍼지고 있다. 또한, 우리나라의 경제 수준이 높아지면서 원조받는 국가에서 이제는 도움을 제공하는 국가로 변했다. 따라서 교사들이 참여할 수 있는 '국제교육 교류 프로그램'이 늘어나고 있다. 국립국제교육원에서는 '교원 해외 파견 사업'과 '해외 현지 초·중등학교 한국어 교원 파견 사업'을 진행하고 있다. 또한, 유네스코 아시아태평양 국제이해교육원에서는 '다문화 가정 대상 국가와의 교육 교류 사업'을 통해 매년 약 40~50명의 교사를 동남아시아 국가에 파견한다. 영어 의사소통이 가능하고, 현지 학생들을 지도하는 것에 관심이 있다면 위 프로그램에 참여를 권한다. 외국어 능력이 부족하면 차선책으로 '한국학교'와 '한국교육원' 파견 근무를 지원해 볼 만하다. 비록 현지 학생이 아닌 재외 동포를 지도하지만 낯선 환경에 홀로 서서 외국 문화를 체험하고, 교사로서 새로운 자아를 찾고, 교육자로서 자긍심을 느끼는 기회를 가질 수 있을 것이다.

'교육자로서 당신의 꿈은 무엇인가?'
지금까지 학생들에게 "너의 꿈은 무엇이니?"하고 물었다면, 오늘부터 당신 자신에게 질문하기 바란다.

'나의 꿈은 무엇인가?'

꿈을 잊고 살던 나에게 꿈을 꾸고 실현하도록 일깨워 준 둘째 공주님에게 문자를 보낸다.
'공주님! 고마워. 올해는 아빠 이름으로 책을 출간하는 새로운 꿈

이 생겼어.'

또한, 베르톨트 브레히트의 글을 가족 대화방에 올린다.

"아무것도 하지 않은 채 불안과 두려움 속에 사느니 목표를 세우고 그중에 몇 개라도 실천하면서 하루하루를 보내는 것이 더 나은 미래를 만들어내는 비결이다. 목표를 세우면, 목표가 나를 이끈다. 성공한 사람이 될 수 있는데 왜 평범한 이에 머무르려 하는가?"

사랑하는 딸들이 자신의 꿈을 꾸고 하루하루 발전된 삶을 살기를 바라며.

새로운 언어, 바하사 인도네시아
(Bahasa Indonesia)

다음 단어들의 공통점은 무엇일까?

'올라', '부온 죠르노', '봉주르', '나마스테', '살람', '니하오'

맞다. 세계 각국의 인사말이다. 당신에게는 몇 개의 인사말이 익숙한가? 특정 외국어를 배웠거나, 해당하는 나라를 여행했거나, 그 나라의 문화에 관심이 많다면 해당 국가의 인사말이 낯설지 않을 것이다. 그렇지 않다면 언어 자체가 아주 생소하고 낯설어서 인사말인지조차 알아채지 못할 것이다.

해외여행을 하면서 해당 국가의 인사말을 배운 적이 있는가? 자유 여행을 즐기는 여행자는 '여행책'이나 '인터넷'에서 정보를 검색해 인사말을 익힌다. 패키지여행을 선호하는 사람은 가이드로부터 의사소통에 필요한 기본적인 표현을 몇 가지 배운다. 이때 가이드는 인사말을 빠뜨리지 않고 여행자에게 알려준다.

'왜일까?'

대화를 통한 교감의 중요성을 알기 때문이다. 해당국의 인사말을 사용해서 여행지에서 만나는 낯선 사람들에게 호감을 주길 바라는 의도이다. 여행하는 동안에 호텔, 상점, 식당 등에서 배운 인사말을 사용하면 상대방의 반응은 어떤가? 당신의 어색한 발음을 문제 삼는가? 그들은 당신의 부자연스러운 발음에 신경을 쓰지 않는다. 낯선 이방인이 자신의 모국어를 구사하는 모습에 흥미로워하며 환한 미소로 반갑게 인사말을 교환할 뿐이다.

'슬라맛 소르(Selamat sore)'는 어느 나라 인사말일까?

'슬라맛 소르' 아니 정확한 발음은 '슬라맛 소레'다. 인도네시아에서 오후 시간에 사용하는 인사말이다. 인도네시아 인사말은 영어와 마찬가지로 시간에 따라 구분된다. '슬라맛 소레'는 영어로 표현하면 'Good afternoon'에 해당한다. 그런데 '슬라맛 소레'가 한국 사회에서 큰 논란이 된 적이 있다.

2019년 아세안 순방에 나선 문재인 대통령이 말레이시아 총리와 정상회담 직후 가진 기자회견에서 '슬라맛 소르'라고 인사말을 했다. 대통령은 방문 국가에 대한 친근감을 표하고자 했을 것이다. 그런데 '슬람맛 소르'는 정확한 현지 발음도 아닐뿐더러 말레이시아가 아닌 인도네시아에서 통용되는 인사말이다. 문 대통령은 말레이시아인들이 더 일반적으로 사용하는 '슬라맛 쁘땅(Selamat petang)'이라고 인사를 해야 했다. 또한, 문 대통령은 시간대에 어울리지 않은 인사말을 했다. 말레이시아어로 오후에 하는 인사말은 '슬라맛 쁘땅', 저녁에 하는 인사말은 '슬라맛 말람'이다. 하지만 대통령은 저녁 시간에 가진 동포 간담회와 국빈 만찬에서 오후 인사인 '슬라맛 쁘땅'으로 인사를 한 것이다. 외국어를 처음 배우는 시기에 누구나 할 수 있는 자연스러운 실수다. 새로 배운 언어 표현이 자신의 마음과 하나가 되어 무의식적인 반응을 통해 입에서 자연스럽게 터져 나오는 데는 오랜 시간이 걸린다. 따라서 상황에 맞는 표현을 반복해서 꾸준히 연습해야 한다.

일반인이 위와 같은 실수를 한다면 애교로 웃어 넘어갈 수 있다. 그런데 국가 정상이 공식적인 자리에서 한 실수였기에 국내에서 큰 논란이 되었다. 물론 대통령의 잘못은 아닐 것이다. 대통령의 참모들이 잘못된 표현을 연설문 원고에 넣었기 때문이라고 생각된다. 그렇지만 대통령이 상황과 시간에 맞게 '슬라맛 쁘땅'과 '슬라맛 말람'이라고 정확한 표현을 사용했다면, 상대국 국민 가슴에 잔잔한 감동을 주고 양국 관계 증진에 더욱 큰 울림으로 돌아오는 인사말이 되었을 것이다.

학습자가 외국어 학습에 몰입하게 하는 가장 중요한 요소는 '동기 부여'다. '동기'의 사전적 의미는 "어떤 일이나 행동을 일으키게

하는 계기"이다. '내적 동기'와 '외적 동기'로 구분할 수 있다.

'내적 동기'는 개개인의 성장, 발전, 자아실현, 만족 등과 관련이 있다. 타인의 강요에 의한 것이 아니다. 마음속에 내재해 있는 열정이나 욕구가 부글부글 끓어 넘쳐 화산이 폭발하는 것처럼 큰 분출을 일으켜 스스로 행동하고 적극적으로 실천하게 만든다.

'외적 동기'는 외부 환경이 개인의 행동에 영향을 미치는 것이다. 금전적인 보상, 승진, 선물 등이 해당한다. 흔히 부모가 자녀에게 시험에서 몇 점 이상 받으면 무엇을 사주겠다고 약속하는 것을 예로 들 수 있다.

어떤 동기가 더욱 강력할까? 작용하는 방식이 달라서 명확하게 구분하기는 어렵다. 행동을 유발하는 초기에는 칭찬이나 보상 등 외적 동기가 필요하다. '칭찬은 고래도 춤추게 한다'라고 하지 않는가. 그러나 '외적 동기'가 '내적 동기'로 이어지지 않으면 단기적인 효과로 끝날 수 있다. '내적 동기'인 자신의 관심사, 가치관이 확립되면 목표를 달성하려고 스스로 행동하게 된다. 도중에 어려움에 맞닥뜨리더라도 포기하지 않고 즐기면서 행동하게 된다. 일찍이 공자도 '내적 동기'의 중요성을 깨닫고 "알기만 하는 사람은 좋아하는 사람만 못하고, 좋아하는 사람은 즐기는 사람보다 못하다"라고 했다.

영어 과목에는 흥미가 없지만 다른 외국어를 독학하여 기본적인 의사소통이 가능할 뿐만 아니라 외국어로 쓰인 잡지를 읽고 이해할 수 있는 학생들이 있다. 그들의 공통점은 관심을 두고 있는 국가의 '문화 콘텐츠'에 대한 열정이 높다. 즉, 강력한 '내적 동기'를 갖고 노래, 만화, 드라마, 영화 등을 자연스럽게 접하면서 목표 언어를 습득하는 것이다.

'다문화 가정 대상 국가와의 교육 교류 사업'에 파견 교사로 선발된 후 출국 전에 여러 가지를 준비했다. 교육 내용, 교육 방법, 수업 준비물, 선물 등이다. 모든 준비가 마무리됐다고 생각했을 때 또 다른 문제에 부딪혔다. 바로 바하사 인도네시아(Bahasa Indonesia), 현지 언어를 익히는 것이다. 지금까지 인도네시아어는 한 번도 들어보지 못했다. 영어 교사이므로 현지어 대신 영어를 사용하면 자연스럽고 편리하다. 하지만 '인도네시아 학생들이 영어를 잘할까? 프로그램의 목적이 무엇인가?' 하는 생각이 들었다. 인도네시아 학생들에게 영어를 가르치러 가는 것은 아니다. 문화 교류와 상대국을 이해하기 위한 것이다. 현지어를 사용하여 그들과 서로 간에 교감을 높이고, 문화의 큰 뿌리인 그들의 언어를 배우고 싶었다. 인도네시아어를 배우고자 하는 충분한 '내적 동기'가 내 마음속에 꿈틀거렸다.

출국 전 사전 교육에서 인도네시아어에 대한 기본적인 인사말, 발음법, 규칙 등에 대해 배웠다. 다행인 것은 인도네시아어는 영어 '알파벳'을 사용하고 발음과 문법 체계도 유사하다. 문자 체계가 전혀 다른 언어보다 배우기 쉽겠다는 생각이 들었다. 하지만 50이 넘은 나이에 새로운 어휘와 표현을 암기하기는 쉽지 않았다. 책장을 덮고 잠시 후에 생각하면 머릿속에 떠오르지 않는다. 머리를 쥐어짜도 마찬가지다. 두통만 생길 뿐이다. 조금 전에 암기한 표현은 이른 아침 물 위에 피어오른 물안개가 밝은 태양이 빛나자 자취를 감추듯이 기억의 너머로 아련히 사라진다. '문제가 무엇일까? 기억력이 떨어져서 그럴까?' 고민하다 책만 가지고 공부하는 학습 방법을 바꿨다.

단어장을 만들었다. 색인 카드를 사서 앞면에는 단어를 쓰고, 뒷면에는 해당하는 단어가 포함된 문장을 기록했다. 욕심을 버렸다. '하루에 한 문장이면 충분해'라고 생각하며 암기했다. 퇴근 후에는 가족들 앞에서 그날 암기한 문장을 사용하여 인도네시아어 실력 아닌 실력을 뽐냈다. 저녁 식탁에 앉아 내가 말했다.

"아빠 까바르(Apa kabar)."
"아빠 뭐라고? 아빠가 뭣했다고?"
막내딸이 '뭐라는 거야' 하는 표정으로 대꾸했다.
"아니, 인도네시아로 '안녕하세요'라고 인사한 거야."
"오! 인도네시아어! 멋진데!"라는 반응이 나왔다.
"아빠 까바르."
이번에는 자신감을 가지고 크게 말했다. 내 입에서 처음으로 터져 나온 인도네시아어 '안녕하세요'이다.

가족들의 칭찬, 감탄, 놀라는 표정, 바로 '외적 동기'가 주어진 순간이었다. 인도네시아어에 대한 나의 학습 목표는 메모지를 흘낏 보지 않고 자신을 유창하게 소개하는 것이었다. 비록 두 단어의 짧은 표현이지만 '아빠 까바르'가 나의 목표에 도달하기 위한 큰 도약의 발판이 되길 바랐다.

part 2

인도네시아 학교 속으로

설레는 첫 만남

"안녕하세요?"

힘차게 외치며 교실에 들어오는 아이들의 얼굴이 빨갛게 물들어 있다.

"그래, 안녕! 무슨 시간이었니?"

"영어보다 재미있는 시간요."

"응. 알았어. 그럼, 체육이군."

"헤헤"하고 웃는데 몇몇은 멋쩍은 표정을 짓는다.

"체육처럼 영어도 열심히 공부하고, 점심 맛있게 먹으러 가자!"

"예"하고 힘차게 대답한다.

'얼마나 열심히 뛰었을까?' 생각하니 체육 교사가 부럽다. 영어 시간에도 자신의 내부에 있는 모든 에너지를 끌어모아 수업에 참여 해주면 좋으련만. 체육 시간에 한 것처럼.

기말고사를 마치고 난 아이들의 얼굴에서 해방감을 엿볼 수 있다. 얼굴뿐만 아니다. 시험 전 성적에 대한 중압감으로 평소보다 낮았던 저음의 목소리가 솔~, 라~, 시~, 도~ 고음으로 시원하게 뻗어나간다. 시험의 부담에서 빠져나온 기쁨이 온몸에 서려 있다. 한여름의 열기도 아이들에게는 적수가 되지 않는다. 한 달간의 여름방학이 성큼성큼 다가오고 있기 때문이다. 점심을 먹고 조금만 움직여도 땀이 주르르 흘러내린다. 몸 전체를 감싸고 맴도는 열기가 마침내 빠져나갈 구멍을 찾아 피부를 뚫고 땀으로 배출되는 것 같다. 올해 내 인생에서 가장 긴 여름을 보낼 걸 생각하니 오히려 온몸에 스산한 기운이 감돈다. 한국에서 한여름을 보내고, 낯선 이국땅 인도네시아(적도에 걸쳐 있어 열대성 몬순 기후와 고온 무풍 다습한 지역)에서 덤으로 주어진 무더운 3개월(8월 26일~11월 15일)을 보내야 한다. 무더운 날씨를 생각하면 아찔하지만, 육체의 무더위를 식혀줄 산들바람이 마음속에서 불어오는 것 같다. 여름방학에 3박 4일 일정으로 서울에서 '파견 교사 사전 연수'가 있기 때문이다.

교육 교류 사업 프로그램에 참여하면서 어떤 사람들을 만나게 될까? 함께 교육 활동을 펼칠 8명의 한국 교사, 현지 학교 선생님, 학생, 현지인, 프로그램 관련 관계자 등을 만나게 될 것이다. 나의 인생이라는 책에 한 꼭지 한 꼭지 새로운 이야기를 더해줄 사람들. 나의 문화 감수성을 높여주고 세계관을 확장해 줄 사람들. 그들과 만남을 생각하니 마음이 설렌다. 아니 심장이 고동친다. 함께 할 8명의 한국 선생님과 설레는 소중한 '첫 만남'의 시간이 다가오고 있기 때문이다. 만남을 통해 교육이라는 '변화의 씨앗'을 심어나갈 동료들.

내가 속한 인도네시아 파견 교사는 전국에서 선발된 9명으로 구성되었다. 초등학교 6명, 중학교 2명, 고등학교 1명이다. 인도네시아에서 근무하게 될 학교는 초등학교 3개교, 중학교 1개교, 고등학교 1개교이다. 파견 기관에서는 학교당 2명의 교사가 배치되는 것을 원칙으로 한다. 파견 교사의 안전과 교육 활동의 효과를 높이기 위함이다. 그러나 우리 일행은 홀수로 구성되어 한 학교는 한 명의 선생님만 근무하게 된다.

출국 날짜가 다가오면서 궁금한 점이 많다. '무엇을', '어떻게' 가르칠지에 대해 어느 정도 방향은 잡았지만 무엇을 준비해야 하는지 막막하다. 이번 연수에서 머릿속에 헝클어진 실타래를 하나씩 하나씩 풀어갈 수 있을 것이다. 설레는 첫 만남과 사전 연수를 통해 내가 지닌 고민을 해결할 수 있으리라.

사전 연수는 '유네스코 아시아태평양 국제이해교육원'이 주관한다. 연수 주제는 전체 사업 및 세부 일정 소개, 수행 활동 및 과제 안내, 대상국 언어 및 사회·문화 강의, 외국 학생 대상 수업 개발 워크숍, 전년도 참가 교사의 교육 활동 소개, 안전 교육 등이다. '다문화 가정 대상 국가와의 교육 교류 사업'은 2012년에 시작되었다. 한국과 아시아 태평양지역 국가 간 국제교육 교류를 위해서다.

대한민국 교육부에서 주최하고, 유네스코 아시아태평양 국제이해교육원이 주관하는 사업이다. 교류 대상국 교육부는 사업의 원활한 진행을 위해 현지 협력 주체가 되어 배치 지역, 학교 선정 및 현지에서의 사전 교육을 담당한다.

사업을 시작한 2012년에 파견 국가는 몽골, 필리핀이었다. 현재는 점차 참여국이 늘어 7개국으로 확대되었다. 2023년에는 상반기 3개국(몽골, 태국, 라오스), 하반기 4개국(말레이시아, 캄보디아, 필리핀, 인도네시아)으로 파견한다. 사업의 목적은 '다문화 가정 대상 국가와의 교육 교류를 통한 다문화 감수성 및 글로벌 소통 능력 신장, 교사 교육 역량 강화 지원, 교육 분야 전문성을 갖춘 인적 자원 교류 협력 모델 구축'이다. 궁극적으로 '참가 국가 간의 교육 발전 및 상호이해 증진에 기여하고, 특히 국제적 약속인 '지속가능발전목표(UN-SDGs)' 달성'에 공헌하고자 한다.

UN은 2015년에 '지속가능발전목표'를 채택했다. 인류가 직면한 문제를 해결하기 위함이다. 2030년까지 달성하기로 한 인류 공동의 목표는 17개(빈곤 퇴치, 기아 종식, 건강과 웰빙, 양질의 교육, 성평등, 물과 위생, 깨끗한 에너지, 양질의 일자리와 경제 성장, 산업, 혁신과 사회 기반 시설, 불평등 완화, 지속 가능한 도시와 공동체, 책임감 있는 소비와 생산, 기후 변화 대응, 해양 생태계, 육상 생태계, 평화, 정의와 제도, SDGs를 위한 파트너십) 이다.

우리나라의 교육 이념이 무엇인가? '홍익인간(弘益人間) 널리 인간 세계를 이롭게 한다' 이다. 교육기본법 제2조에는 "교육은 홍익인간의 이념 아래 모든 국민으로 하여금 인격을 도야하고, 자주적 생활 능력과 민주시민으로서 필요한 자질을 갖추게 함으로써 인간다운 삶을 영위하게 하고 민주국가의 발전과 인류 공영의 이상을 실현하는 데에 이바지하게 함을 목적으로 한다"라고 쓰여 있다. 교육을 통해 '지속가능발전목표' 달성을 위해 한발 한발 다가가면 '홍익인간'의 이념이 실현되어 인류의 당면 문제들이 차츰차츰 해결되지 않을까?

박노해 시인은 <만남 속에 씨앗이>라는 시에서 다음과 같이 말했다.

푸르스름한 여명에
허공을 뛰어내린 이슬방울 하나가
냉이 싹에 앉는 순간 출렁,
대지의 봄이 깨어나고

불그스름한 노을에
바닥에 뛰어내린 빨강 열매 하나가
언덕에 품기는 순간 조용,
대지의 잉태가 시작되고

그 아침과 밤사이에

지구에서는 그리운 만남이 일어나고
저마다 품어온 빛이 번쩍,
변화의 씨앗을 심어나간다

'다문화 가정 대상 국가와의 교육 교류 사업' 참여는 나에게 단순히 낯선 환경에서 마주하는 새로운 경험과 문화 체험뿐만이 아니다. 새로운 사람과의 설레는 '만남의 씨앗'이자 '교육의 씨앗'이다. 현지에서 만날 학생들의 마음속에 교육이라는 '변화의 씨앗'을 심어 그들이 '인류 공헌'이라는 열매를 맺도록 작은 발판이 되길 소망한다.

인도네시아가 궁금해

사전 연수에서 함께 '교육의 씨앗'을 심을 동료 교사와의 설레는 '첫 만남'의 시간을 가진 후 바쁜 일정을 보냈다. 출국 전 준비해야 하는 비자 신청, 예방 접종, 보험 가입을 했다. 현지에서 구할 수 없는 수업 준비물, 선물, 한복, 전통 놀이 물품 등을 샀다. 한여름의 열기를 온몸으로 느끼면서 이곳저곳으로 바쁘게 다녔지만, 뜨거운 태양의 열기를 견딜 수 있었다. 출국일이 다가옴에 따라 마음이 설레 마치 숲속에 있는 것 같았기 때문이다.

2019년 8월 19일(월요일), 드디어 출국일이다. 인천국제공항 약속 장소에 선생님들이 모여든다. '교육의 씨앗'을 심으러 출발하기 위해. 현지 생활과 교육 활동에 필요한 물건이 가득 담겨 무겁게 느껴지는 여행 가방을 어깨에 둘러메고 양손에 든 채. 두 번째 만남이지만 낯설지 않고 친숙한 얼굴들이다. 3개월 동안 망망대해에서 한배를 타고 함께 거친 파도를 헤쳐 나갈 공동의 운명이기 때문일 것이다. 서로 상기되고 들뜬 표정으로 인사를 나눈다. 한 선생님이 쑥스러운 표정을 지으며 인도네시아어로 인사를 한다.

"아빠 까바르."

"슬라맛 빠기."

몇몇 선생님이 머뭇거리다 인도네시아어로 응답하자 '아직 한국인데 벌써 인도네시아 인사'하는 생각으로 모두 깔깔대며 웃는다. 출국에 대한 긴장감과 떨림을 한국 땅에 두고 떠나려는 듯 큰소리.

비행 목적지는 교육 활동을 펼칠 '팔렘방'이 아닌 '자카르타'다. 자카르타에서 인도네시아 교육부 주관으로 8월 20일 ~ 8월 22일 (2박 3일) 현지 연수 일정이 있기 때문이다. 또 다른 설레는 '첫 만남'이 우리에게 '어서 와! 반가워! 환영해!'라고 손짓하고 있는 것 같다.

탑승 수속을 마치고 항공기 탑승 브리지를 통과한다. 미지의 세계로 들어가기 위해 터널을 통과하는 것처럼 한 발 한 발 걸어간다. 7시간의 비행을 마치면 인도네시아 '수카르노 하타' 국제공항에 도착할 것이다. 장시간 비행하는 동안 사전 연수에서 다루었던 주제들과 첫 만남의 순간을 떠올려 본다. 수업 준비, 문화 다양성 교육 방법, 현지 활동 이해, 현지 생활 적응 등에 대해 교육을 받았다.

무엇보다 도움이 된 내용은 현지에서 교육 활동을 마치고 온 두 분 선생님의 생생한 경험담이었다. '손님이 아닌 교사'라는 마음 자세를 지닐 것과 현지 학교 협력 교사, 동료 교사와의 관계 유지가 중요하다는 내용이 마음에 깊이 와닿았다. 비행시간이 길어질수록 잡념이 꼬리에 꼬리를 물고 이어진다. 기내 통로를 서성이며 좁은 좌석으로 인해 굳은 몸의 긴장을 풀어주자, 뒤죽박죽 뒤엉킨 머릿속의 잡념이 차츰 제자리를 찾아간다. 비행기 실내등이 켜진다. 승무원들이 좌석 위치를 바르게 하며 좁은 통로를 바쁘게 왔다 갔다 한다. 약간의 충격과 속도감을 몸으로 느끼며 비행기가 무사히 착륙했음을 알 수 있다. 잠시 후 기내 안내방송이 들린다.

"우리 비행기는 방금 도착했습니다. 안전하고 편안하게 여행하실 수 있도록 정성을 다하겠습니다. 감사합니다."

브리지를 지나 공항에 도착하니 익숙한 영어와 왠지 낯설고도 친숙한 인도네시아어로 쓰여 있다.

"Welcome to Indonesia.", "Selamat datang, Indonesia."

앞으로 매일 마주하게 될 인도네시아어 'Selamat datang'을 조그마하게 소리 내본다.

수화물 카운터에서 물건을 찾아 공항 밖으로 나오자, 뜨거운 열기가 급격하여 밀려온다. '아! 드디어 인도네시아에 도착했군!'하는 생각이 든다. 다음 날부터 2박 3일 동안 인도네시아 교육부 주관 사전 연수가 시작된다. 연수의 주된 내용은 인도네시아 역사, 교육 제도, 현지 언어, 양국 관계 등이다.

인도네시아의 정식 국명은 인도네시아 공화국(Republic of Indonesia)이고 수도는 자카르타다. 면적은 한반도의 약 9배에 달하는 광대한 영토를 지니고 있으며 약 17,000개의 섬으로 이루어졌다. 인구는 약 2억 6,199만 명으로 세계 4위의 인구 대국이다. 많은 섬으로 이루어진 국가인 만큼 약 1,300여 다양한 종족이 살고 있다. 그중에서 자바족(45%), 순다족(13.6%)이 대다수를 차지하고 있으며 종족별로 고유한 문화와 전통을 현재까지 유지하고 있다. 약 650여개의 지방어가 있으며 말레이어에서 파생한 인도네시아어(Bahasa Indonesia)가 공용어로 지정되었다. 이슬람교도가 세계에서 가장 많지만, 이슬람 국가는 아니다. 종교의 분포 비율을 보면 이슬람교(87.2%), 기독교(6.9%), 천주교(2.9%), 힌두교(1.7%), 불교(0.7%), 유교(0.05%)이다.

대한민국은 1973년 9월에 인도네시아와 외교 관계를 맺었다. 2017년에는 특별한 전략적 파트너십(Special Strategic Partnership)을 맺어 정치, 경제, 외교, 교육 등 다방면으로 양국 관계 증진에 노력하고 있다. 인도네시아 교육부 관계자에 따르면 인도네시아와 대한민국은 다양한 교육 프로그램을 통해서 양국 간 교육 발전에 기여하고 있다.

첫째, 코이카(KOICA) 프로그램을 통해 한국에서 파견된 교육봉사단은 교육 경험과 지식을 나누고, 기술 개발을 통해 인도네시아

지역 사회가 더 나은 삶을 살 수 있도록 동기를 부여하고 있다.

둘째, 인도네시아 정부는 '다르마시스와 장학금(Darmasiswa Scholarship) 프로그램'을 운영하여 매년 약 20명 이상의 한국 대학생들이 현지 대학에서 1년 정도 인도네시아어를 익히고 문화를 체험할 수 있게 하고 있다. 한국 정부 역시 인도네시아 학생들에게 석사, 박사 장학금 프로그램을 운영하고 있다.

셋째, 양국 정부는 MOU(업무협약체결)를 맺어 전문계 고등학교에 한국어 교사를 파견하여 한국어와 한국 문화 보급에 노력하고 있다.

인도네시아 학제는 한국과 같은 초등학교 6년, 중학교 3년, 고등학교 3년이다. 1994년부터 중학교까지 의무 교육을 채택했고, 2015년부터는 고등학교까지 의무 교육을 지향하지만, 실질적으로 이루어지지 않고 있다. 의무 교육이 한국처럼 학생들에게 학비와 교재 등 모든 것을 제공하는 무상 교육을 의미하지는 않는다. 공립 학교와 사립 학교는 학교 시설 및 교육 기자재 보급에서 차이가 크다. 중산층 이상의 부모는 교육 시설과 환경이 좋은 사립 학교에 자녀를 진학시키는 것을 선호한다. 초등학교의 사립 학교 비율은 약 7% 정도이지만 학교급이 높아질수록 비율이 증가하여 고등학교는 50% 정도이다. 학기는 한국과 다르게 가을 학기제를 기본으로 채택하고 있다. 1학기는 7월 말에 시작되어 12월에 끝나고, 방학을 10일 정도 한다. 2학기는 1월에 시작하여 6월에 끝내고, 방학을 약 3주 한다.

인도네시아 정부는 '쌍방향 학습(Interactive learning)'이 교사의 역할에 있어 근본적인 변화를 가져온다는 생각으로 부족한 교육 기자재 보급에 노력을 기울이고 있다. 또 교육 환경의 변화에 따라 기존에 강조된 읽기, 쓰기, 셈하기에 창의성, 비판적 사고, 의사소통, 협력 능력을 추가하여 학생들이 미래 사회에 대비하도록 하고 있다. 2013년 교육 과정에서는 태도(Attitudes), 기술(Skills), 지식(Knowledge)을 통합하고 강화하여 생산적(Productive), 창의적(Creative), 혁신적(Innovative), 정서적(Affective)인 시민 양성을 지향하고 있다.

사전 연수를 통해 인도네시아의 역사, 지리, 교육 제도 및 한국과의 교육 협력 등에 대해 알 수 있었다. 우리나라가 2022 개정 교육 과정을 통해 미래 사회가 요구하는 역량을 함양할 수 있는 교육을 위해 노력하는 것처럼 인도네시아 정부도 미래 사회에 필요한 능력(생산적, 창의적, 혁신적, 정서적)을 지닌 시민 양성을 위해 노력하고 있다.

우리가 펼칠 3개월 동안의 교육 활동이 인도네시아가 필요로 하는 시민 양성에 조금이나마 도움이 되길 바란다. 우리의 가르침이 커다란 돌멩이가 고요한 호수에 떨어져 시끌벅적한 소리를 내는 것처럼 요란하기를 원하지 않는다. 단지, 조그만 조약돌이 떨어져 잔잔한 파동을 만드는 것처럼 널리 퍼져나갈 끊임없는 울림을 주길 기대한다.

원어민 교사로 '첫 출근'

자카르타 연수 마지막 날이다. '마지막'이란 단어는 항상 아쉬움과 애틋함을 담고 있다. 하지만 '끝났다고 끝이 아니다'라는 말이 있듯이 끝은 처음, 또 다른 시작과의 연결 고리다. 새로운 출발을 뜻하는 처음은 설렘과 두려움이 공존하여 마지막이 우리에게 주는 서운함을 이겨내게 한다.

연수 마지막 일정은 근무하게 될 현지 학교에서 온 협력 교사들과 만남이었다. 나의 협력 교사는 '알버트(Albert)'다. 원어민 교사로 근무하는 동안 나에게 현지 생활에 대해 도움을 줄 분이다. 알버트, 낯설지 않은 이름이다. 지난 2개월 동안 나의 애간장을 태웠던 바로 그 이름이기에.

배치학교가 결정되자 '압세유(APCEIU)[1]'에서 근무하게 될 학교에 대한 전반적인 정보(학생 수, 교사 수, 학급 수 등)와 협력 교사 메일(e-mail) 주소를 보내주었다. 준비해야 할 학습자료, 출근 복장, 궁금한 사항 등에 대해 협력 교사와 메일을 교환하라는 안내와 함께.

'현지 학교에 대한 생생한 정보를 구할 수 있겠다' 하는 반가운 마음에 바로 알버트에게 메일을 보냈다. 하지만 답장이 없었다. 아니, 메일을 확인하지도 않았다. '메일 주소에 오류가 있나?' 하는 생각이 들어 '압세유' 담당자에게 확인했지만 틀리지 않았다. 이후에도 몇 번 메일을 보냈지만 묵묵부답. 내가 어찌 그의 이름을 잊겠는가? 동료들은 협력 교사와 메일을 교환하며 차근차근 준비를 마무리하고 있는데 답장은커녕 메일도 확인하지 않은 그를.

한국에서 출발 전에는 얄미운 이름이었는데 현지에서 얼굴을 대하니 가까운 친구 같은 느낌이다. 내 마음속에 똬리를 틀고 있던 서운한 감정이 해변에서 썰물 빠져나가는 것처럼 한순간에 싹 사라진다.

알버트는 40대 후반 남성이며 '사베리우스 마리아 중학교(SMP Xaverius Maria Palembang)' 영어 선생님이다. 키는 163cm 정도이며 진한 갈색 피부에 운동선수를 했음 직한 다부진 체격이다. 비

---

[1] 유네스코 아시아태평양 국제이해교육원(Asia-Pacific Centre of Education for International Understanding)

록 약간의 아랫배가 나왔지만. 그는 사베리우스 재단 소속 고등학교에 근무하다 몇 년 전에 사베리우스 마리아 중학교에 부임했다고 한다. 또한, '다문화 가정 대상 국가와의 교육 교류 사업' 프로그램에 참여를 희망했는데 나이 제한 때문에 지원하지 못했다고 아쉬워했다.

필자, 알버트, 이정훈

자카르타 공항을 이륙 후 1시간쯤 지나서 몸으로 느낄 수 있었다. 비행기 고도가 낮아지고 최종 목적지인 팔렘방에 다가가고 있다는 것을. 도시의 규모를 가늠하려고 창밖을 바라보니, '별보다 많은 섬으로 이루어진 나라'라는 말처럼 섬들이 바다에 점점이 퍼져 있었다. 비행기 고도가 점점 낮아질수록 밀림 숲에서 자욱한 연기가 뿜어 나와 부근의 대지를 감싸 휘돌고 있었다. '산불이 났을까? 아니면 나무를 태우고 있는 것일까?' 하는 생각이 들었다.

팔렘방에 도착하자 첫 번째 난관이 우리를 기다리고 있었다. 바로 숙소를 정하는 문제다. 낯선 환경에서 나에게 편안함과 안락함을 제공할 보금자리를 찾는 것은 먹는 것만큼 중요했다. 현지 학교에서 안전한 숙소를 두세 군데 후보지로 추천해 주었다. 직접 살펴보고 마음에 드는 곳을 선택하거나 아니면 다른 곳을 물색해야 했다. 같은 학교에 배치된 이정훈 선생님과 함께 학교에서 추천한 호텔로 가 보았다. 우리의 마음을 사로잡은 곳은 없었다. 학교에서 약 100m 거리에 있는 위사타 호텔(Hotel Wisata)을 임시 숙소로 정하고 주말에 다시 적합한 곳을 찾기로 했다.

바깥에서 들려오는 에어컨 실외기 소음과 첫 출근에 대한 긴장감으로 자다 깨기를 반복했다. 잠깐이지만 주변 소음을 인식하지 못하고 무의식 상태에 빠져든 순간 아잔(이슬람교도에게 기도 시간을 알리는 소리) 때문에 눈이 떠졌다. 창밖으로 희미하게 어둠을 뚫고 나오는 빛으로 날이 밝아 오고 있음을 알아채고 핸드폰을 확인했다.

2019년 8월 26일 월요일.

내 인생의 책에 새로운 한 페이지가 펼쳐지는 날이다. '원어민 교사'로 현지 학교에 '첫 출근'이다. 이 선생님에게서 문자가 하나 왔다. 알버트가 6시 30분까지 출근하라는 메시지를 보냈다고. 서둘러 출근 준비를 마치고 6시 20분에 학교로 출발했다. 자기 어깨보다 큰 가방을 메고 등교하는 초등학생들이 보인다. '이 시간이면 한국 학생들은 아직도 꿈속에서 헤매고 있을 텐데'라고 생각하니, 어린 학생들의 모습이 귀엽다기보다는 당차고 멋져 보인다.

학교 앞 도로에서 선생님들이 등교하는 학생들을 위해 교통정리를 하고 계신다. 교문을 쳐다보는 순간 놀랍고 당황스럽다. 우리를 환영하는 플래카드가 인도네시아어, 영어, 한글로 쓰여 있다.

"Selamat Datang di SMP Xaverius Maria Palembang."

"Welcome to Xaverius Maria Junior High School Palembang."

"Xaverius Maria Palembang. 중학교에 오신 것을 환영합니다."

우리의 얼굴 사진, 양국 국기와 함께. 참으로 민망하고도 놀라운 순간이다. 놀란 가슴을 진정시키고 2층에 있는 교무실로 올라갔다. 몇 분의 선생님은 이미 출근했지만, 협력 교사의 모습은 보이지 않는다. 어색한 모습을 감추기 위해 인도네시아어로 아침 인사를 건넨다.

"슬라맛 빠기."

"슬라맛 빠기."

선생님들이 잔잔한 미소를 띠고 대답한다. 6시 45분쯤 여러 선생님이 도착하여 인사를 나누며 이름을 알려준다. 소리 내 따라 해보지만, 혀의 움직임이 자연스럽지 않고 꼬인다. 뒤늦게 도착한 알버트가 운동장을 고등학교와 함께 사용하는 관계로 오늘은 환영 행사를 할 수 없고 다음 주에 환영 행사를 할 계획이라고 알려준다. 직원회의 시간에 교장 선생님이 환영사를 마치자, 알버트가 선생님들을 소개해 주었다. 그동안 준비한 인도네시아어로 짧지만 유창하게(?) 인사말을 했다. 자기소개가 끝난 후에 한국에서 준비한 선물(인삼차, 얼굴 팩)을 주면서 말했다.

"올라올라."
"올라올라?"
알버트가 내가 한 말을 반복한 후에 머리를 갸우뚱하며 영어로 물었다.
"What? What are these?(무엇인가요?)"
"These are presents for all of you.(여러분에게 준비한 선물입니다.)"
"Oh, 올레올레.(oleholeh.)"

알버트가 내가 틀리게 발음한 것을 고쳐 말하고 상황을 설명하자 모두 유쾌하게 웃는다. 이방인이 자신들의 언어를 말하는 모습에서 친밀감을 느끼는 듯한 표정으로.
소개가 끝난 후 알버트가 학교 구석구석을 데리고 다니면서 안내해 주었다. 교장실, 행정실, 특별실 등을 살펴보고 아침 회의 시간에 만나지 못한 선생님들과 인사를 나누었다.

새로운 학교에 부임하면 당신은 무엇을 제일 먼저 하는가? 나는 선생님들의 이름과 담당 과목을 적은 좌석표를 만들어 나의 책상 위에 붙여 놓는다. 또한, 담당한 학급 학생들의 좌석표를 만들어 교사 수첩에 붙인다. 이름을 빨리 암기하지 못하는 나의 우둔함을 벗어나기 위해. 인간관계에서 상대방에게 호감을 표현하는 다양한 방법이 있을 것이다. 친절한 말투, 선물, 칭찬, 표정, 몸짓 등 모두 중요하지만 친근한 목소리로 상대의 이름을 부르는 것이 최고일 것이다. 특히 교사와 학생의 관계에서는 더욱더 그렇다. 규모가 큰 학교에서는 모든 학생의 이름을 암기하기가 쉽지 않다. 말썽꾸러기나 톡톡 튀는 학생들 이름은 금방 기억한다. 그렇지 않은 학생들 이름은 암기하는 데 꽤 오랜 시간이 걸린다. 학기 초, 눈에 확 띄지 않는 아이의 이름을 부르면 그 학생은 깜짝 놀라곤 한다. '아니, 우리 선생님이 벌써 내 이름을 알고 있다니' 하는 표정으로. 학교에서 학생의 이름을 부르는 것은 친밀감을 높이고 학생을 지도하는데 기대 이상의 효과를 발휘한다.

사베리우스 중학교 선생님들과 어떻게 빨리 교감할 수 있을까? 나의 경험상 이름을 부르는 것이다. 교무실 뒷자리 루시(Lusi)의 도움을 받아 선생님들의 이름과 담당 과목을 적은 좌석표를 만들었다. 함께 발음도 연습하면서. 그녀는 영어 교사이며, 나와 같은 프로그램에 선발되어 다음 주에 한국으로 출발한다.

수업 시작종이 울리자, 선생님들은 교실로 향하고 교무실은 고요하다. 차갑고 강한 바람을 내뿜는 에어컨 소리만이 적막을 가른다. 기억의 시계가 거꾸로 돌아가 시간 여행을 하듯 오래전 '첫 출근' 이 떠올랐다. 설렘과 두려움을 안고 교직에 첫발을 내딛던 순간. 고흥 포두 중학교에서 출발하여 벌써 33년 세월을 훌쩍 뛰어넘었다. 처음이라 낯설고 어색하고 두렵던 시절, 초보 교사인 나에게 힘이 되어주고, 선생님으로서 갖춰야 할 덕목과 학생 지도에 대해 하나하나 조언해 주던 선배님들. 기억을 더듬어 그들의 이름을 천천히 소리 내어본다. 호길, 해환, 상길, 병섭……

현지 교사 수업 참관

　알버트, 마가레타, 루시. 사베리우스 마리아 중학교에 근무하는 세 분의 영어 선생님이다. 첫 주 일정으로 알버트, 마가레타의 수업 시간에 함께 들어가 우리를 소개했다. 학생들이 한국에 대해 질문하면 그들의 궁금증에 답을 해주고, 학생들과 단체 기념사진도 찍었다. 자기소개는 준비한 인도네시아어로 했지만, 일상대화는 영어로 했다. 천천히 또박또박 말해서 학생들이 이해할 수 있도록 애를 쓰면서. 대화에 어려움이 있을 때는 영어 실력이 뛰어난 학생이 도움을 주기도 했고, 가끔은 협력 교사가 통역해 주었다. 알버트와 마가레타는 수업 진행에 적극적으로 개입하기보다는 우리와 학생들이 자유롭게 대화를 나누도록 했다. 학생들이 영어 말하기와 듣기 능력을 향상할 기회가 되길 기대하면서.

알버트는 우리의 교외 일정 및 일반적인 생활에 대해 도움을 주었다. 반면, 마가레타는 교내 일정(학교 행사, 시간표, 학사 일정, 수업 참관 등)에 관해 안내했다. 마치 교생 시절에 지도 교사가 학교생활의 전반적인 내용에 대해 안내하고 지도하는 것처럼. 낯선 환경에서 하나하나 협력 교사의 도움을 받고 학생들의 열렬한 환영을 받으니 교생 시절로 되돌아간 느낌이었다.

파견 둘째 주다. 그날부터 수업 참관을 하기로 했다. 전주 금요일 아침 회의 시간에 우리가 수업 참관을 희망한다고 말하자, 마가레타가 선생님들에게 설명하여 승낙을 받았다. 그녀가 시간표를 주면서 희망하는 교실에 들어가 참관해도 좋다고 했다.

• 1교시 7A, 마가레타(Margaretha), 영어(2019년 9월 2일, 월요일)
주제는 주어, 동사 수 일치에 대한 문법 수업이다. 선생님이 단수 복수의 개념에 관해 예문을 들어가면서 설명한다. 하지만 영어를 배운 지 몇 년 되지 않은 저학년이어서 개념을 빨리 이해하지 못하는 듯하다. 선생님의 설명이 끝난 후 학생들이 부교재 문제를 해결하면서 여기저기서 손을 든다. 마가레타 혼자 지도하기 어려울 정도로. 그녀가 요청하여 함께 학생들의 질문에 도움을 주었다. 수업 참관이라기보다는 협력 수업에 가까웠지만, 학생들과 함께 문제를 해결하는 과정에서 자연스럽게 친밀감을 높일 수 있는 계기가 되었다.

영어 교과서는 주교재와 부교재(워크북) 2권이다. 우리나라 책만큼 인쇄가 화려하지 않고 크기도 A5 크기로 약간 작다. 주교재는 언어의 4가지 기능(듣기, 읽기, 쓰기, 말하기)이 모두 포함된 실용 영어 위주로 구성되어 있다. 부교재 역시 실용문을 이용하여 학습한 내용을 연습하는 형태로 구성되어 있다.

• 4교시 9F, 안토니우스(Antonius), 물리(2019년 9월 2일, 월요일)

전압 및 전류에 관한 수업이다. 교사가 PPT를 이용하여 수업 목표를 제시하고 학습 내용을 설명한다. 학생들이 자유롭게 질문하고, 교사는 준비한 수업 자료를 보여주면서 학생들의 이해를 돕는다. 번역기를 사용했지만, 모든 수업 내용을 정확히 이해할 수 없다. 교무실에서 항상 유머 넘치는 말로 모두가 폭소를 터트리게 한 안토니우스. 수업도 예외가 아니다. 유쾌한 웃음과 배움이 함께 어우러지는 수업이다. 때론 내용을 이해하지 못하는 학생들에게 약간은 엄숙하고 진지한 목소리로 설명을 이어가지만, 재미있는 표정과 재치 있는 말투에서 교육에 대한 그의 끊임없는 열정을 느낄 수 있다.

• 3교시 8B, 아리에스타(Ariesta), 예술과 문화(2019년 9월 3일, 화요일)

주제는 인도네시아 전통춤이다. 선생님이 수업할 내용과 활동에 관해 자료를 보여주며 설명한다. 학생들이 춤을 연습할 수 있는 특별실로 이동한다. 일반 교실보다 약간 적지만, 양쪽 벽면에 대형 거울이 있다. 학생들이 거울을 보며 춤을 연습할 수 있는 곳이다. 교실 뒷면과 가장자리에 레고 블록과 드론이 놓여 있는 것을 보니, 다목적 교실인 것 같다. 모둠별로 서로 도와가며 전통춤을 연습한다. 활동이 끝난 후 모둠별로 급우들 앞에서 발표하고, 담당 교사가 어색한 동작 및 주의해야 할 점을 다시 설명한다. 학교에서 전통예술을 계승하기 위해 교육 과정으로 지도하는 모습이 인상적이다. 우리는 학생들에게 전통문화를 계승시키기 위해 얼마만큼 노력을 기울이고 있는지 되돌아보게 하는 수업이다.

• 5교시 9F, 은당(Endang), 생물(2019년 9월 3일, 화요일)

접목(接木)이 식물에 끼치는 영향에 관한 수업이다. 담당 교사가 PPT를 이용하여 나무를 접목하는 방법과 장점에 관해 설명한다. 선생님이 학생들의 질문에 대답한 후 학습지를 나눠준다. 조별로 한 두 대의 핸드폰 사용이 허락되어 학생들은 필요한 정보를 찾아 학습지를 해결해야 한다. 모둠별로 학습지를 완성한 후 앞에 나와 발표하고, 선생님과 친구들의 질문과 보충 설명이 이어진다. 여느 학교와 마찬가지로 발표 시간에 집중하지 않고 떠드는 학생이 보인다. 교사는 신경 쓰지 않고 수업을 이끄는데 오히려 학생들이 "쉬! 쉬! 쉬!"하며 집중하도록 유도한다. 발표가 모두 끝나고 발표 시간, 토론 참여, 발표 내용으로 모둠별 평가를 하여 바로 점수를 공개한다. 형성평가 시간에 선생님이 문제를 말하면 학생들은 노트에 답을 기록하고 짝과 노트를 바꿔 채점한다. 한 시간 예정이었는데 두 시간 동안 참관했다. 시간이 지날수록 수업에 몰입하는 학생들의 태도가 진지하여 수업 흐름에 방해를 주지 않기 위해.

• 7교시 9A, 라우나(Launa), 종교(2019년 9월 3일, 화요일)

사베리우스 마리아 중학교는 가톨릭 재단 소속의 사립 학교다. 모든 학년이 일주일에 3~4시간씩 종교 수업을 받는다. 수업 주제는 성모 마리아의 모범적인 태도와 신앙인으로서 본받을 점이다. 선생님이 먼저 마리아의 태도에 대하여 설명하고 학생들과 자유롭게 이야기를 나눈다. 수업 마지막에는 유튜브 동영상 'Perfect Love'를 시청한 후 배운 내용을 함께 정리한다. 학생들과 함께 노래를 감상하다 보니 인도네시아에서의 생활이 하나님이 나에게 주신 소중하고 고귀한 선물처럼 느껴진다. 마리아가 "예수님은 하나님이 주신 나의 소중한 선물이다"라고 말하는 것처럼.

• 8교시 8D, 프라스티요(Prasetyo), 시민권(2019년 9월 3일, 화요일)

낯선 과목명이다. '시민권'이라니? 교과서 내용을 살펴보니 공동체 생활에서 시민으로 지켜야 할 가치, 질서, 준법정신 등을 가르치는 과목이다. 우리의 도덕 과목과 비슷하다. 주제는 공공질서에 관한 내용이다. 선생님이 전 시간에 과제를 내주어서 그날은 자신이 조사한 내용에 대해 발표한다. 선생님이 영어로 발표하거나 인사말을 한 학생에게는 보너스 점수를 준다고 말한다. 인도네시아어를 이해하지 못하는 나에 대한 배려다. 학생들이 영어로 인사를 하고, 몇몇 학생은 서툴지만, 영어로 발표한다. 역시 점수는 국적을 불문하고 학생들에게 민감한 문제인 것 같다.

• 2교시 7B, 조코(Joko), 인도네시아어(2019년 9월 4일, 수요일)

교실에 들어가 빈자리에 앉자 니치(Nichi)가 옆자리에 앉는다. 조코 선생님의 배려다. 니치는 그 교실에서 영어를 가장 잘하는 학생으로 친구들의 발표 내용을 간략하게 설명해 주는 나의 통역사 역할을 자처한다. 그가 "학생들은 한 달에 한 권씩 도서관에서 책을 대출하여 읽고, 수업 시간에 책 내용과 느낌을 발표한다"라고 설명해 준다. 중학교 생활을 이제 막 시작한 신입생들이어서 발표가 서툴고 부끄러워하는 학생이 많다. 학생들의 발표가 끝나고 선생님이 발표 시 올바른 자세와 방법 등에 대해 지도한 후 수업을 마친다.

• 4교시 9C, 레비(Revi), 예술과 문화(2019년 9월 4일, 수요일)

특별실이 부족해서 교실에서 미술 수업을 한다. 주제는 천으로 만들어진 가방에 무늬를 그리고 색칠하여 완성하기다. 선생님이 그림을 보여주며 표현 기법에 관해 이야기하고, 학습 주제와 활동 절차에 대해 PPT로 설명한다. 준비한 가방을 학생들에게 나눠주자 개인별로 가방에 그림을 도안하고 색칠을 시작한다. 활동 위주의 수업이지만 소란스럽지 않고 시간 내에 작품을 완성하려고 노력한다. 제출한 작품을 선생님이 학생들에게 보여주는데 완성도가 매우 높다. 한 학생이 다가와 우리를 환영하는 공연을 하겠다고 말한다. 남학생 두 명이 클래식 기타로 '알람브라 궁전의 추억'을 멋지게 연주하고, 여학생 두 명은 핸드폰 음악에 맞춰 노래를 부른다. 공연이 끝난 후 음악 수업은 언제 받는지 옆에 앉은 학생에게 질문하자, 지난 학기에 음악을 배웠고, 이번 학기는 미술 수업을 받는다고 한다. 수업이 끝난 후 교무실에서 기타 연주에 관해 이야기하자, 두 학생은 지난해 전국 경연 대회에서 2등을 했다고 한다. 노래한 여학생들 역시 학교별 노래자랑에서 상을 탄 학생들이라고 한다. 학생들의 다양한 재능을 엿볼 수 있는 시간이었다.

• 2교시 8D, 크리스티안토(Christianto), 체육(2019년 9월 5일, 목요일)

실외 수업을 기대했는데 아쉽게도 교실 활동이다. 사베리우스 마리아 중학교는 고등학교와 하나의 운동장을 함께 사용한다. 체육 교사들이 실외 수업이 겹치지 않도록 배정하여 운동장을 효율적으로 사용하고 있다. 선생님이 신체 활동에 관한 전반적인 내용과 배구 이론에 대하여 학생들과 문답식으로 수업을 진행한다. 구글 번역기를 사용했지만, 수업 내용을 이해하기 어렵다. 옆자리 학생의 양해를 구하고 교과서를 살펴보았다. 각종 구기 종목과 달리기, 무술, 체조, 수영으로 구성되어 있다. 운동 종목뿐만 아니라 마지막 장에는 도로 안전에 관한 내용이 있다. 특별한 것은 오토바이 안전에 관한 내용이 많다. 아마도 오토바이가 대중적인 교통수단이기 때문일 것이다. 무술 편에 태권도와 비슷한 사진이 있어 반가운 마음에 구글 번역기를 돌려본다. 태권도가 아니라 일본무술, 가라테다. K-POP처럼 태권도가 인기 스포츠가 되어 인도네시아 교과서에 실리기를 기대한다.

• 4교시 8A, 베르타(Berta), 생물(2019년 9월 5일, 목요일)

베르타 선생님이 자신의 수업에 들어올지 묻는다. 참관을 원한다고 하자, 수업 장소가 교실에서 과학 실험실로 변경되었다고 말한다. 교실 위치까지 자세히 알려준다. 수업 종이 울리자마자 과학실로 갔는데 학생은 한 명도 없고 다른 과학 선생님만 있다. 영어로 의사소통이 되지 않아 난감한 상황인데 과학실로 걸어오는 학생들의 모습이 보인다. 수업 장소 변경이 학생들에게 늦게 전달된 것이다.

수업 주제는 신체 내부 기관이다. 먼저 지난 시간에 배운 신체 구조에 대하여 선생님과 함께 복습한다. 몇 학생을 교탁으로 불러 신체 구조에 관해 설명하도록 한다. 복습이 끝난 후에 신체 내부 기관에 대하여 선생님의 설명으로 수업이 진행된다. 준비한 학습지를 배부하자 학생들이 교과서를 찾아가며 문제를 해결한다. 전반적으로 경직되지 않고 자유스러운 분위기의 수업이다.

•8교시 9E, 베로니카(Veronica), 수학(2019년 9월 5일, 목요일)

베로니카 선생님이 교실 출입구 앞에서 기다리고 계신다. 교실에 들어가니 학생들이 반갑게 맞이해준다. 교실 뒤편 빈자리에 앉자, 앞자리 여학생이 "미술 수업 후 정리하지 못해 자리가 지저분해서 미안하다"라고 한다. 괜찮다고 말하고 수업 내용을 살펴본다. 선생님이 예제 문제를 칠판에 풀면서 설명한다. 학생들은 교과서에 나온 문제를 스스로 해결하는 방식으로 수업이 진행된다. 문제 풀이에 어려움이 있는 학생은 친구들에게 혹은 선생님에게 자유롭게 가서 도움을 얻는다. 그런데 전혀 소란하지 않고 질서정연하다. 영어가 능숙한 학생이 다가와 자신들이 하는 수업 내용에 관해 설명해 준다. 수업이 끝난 후 한국 수학 수업 방식과 교과서 난이도에 대해 질문한다. 수업 방식에는 큰 차이가 없고, 수학 선생님이 아니라 난이도의 차이는 모르겠다고 말해주자 고맙다고 한다.

• 1교시 9D, 리알드(Rialrd), 컴퓨터(2019년 9월 6일, 금요일)

수업 시작종이 울려 9D 교실로 가니 학생이 한 명도 없다. 지나가는 여학생에게 컴퓨터 수업인데 학생들이 없다고 말하자 컴퓨터실로 안내해 준다. 학생들은 이미 컴퓨터를 켜서 선생님과 태그를 이용하여 프로그래밍하는 법을 배우고 있다. 컴퓨터로 인터넷과 '워드' 프로그램을 실행하니 속도가 빨라서 학습하는 데는 문제가 없어 보인다. 모니터는 17인치 크기다. 선생님이 해결할 과제를 제시하자 학생들이 스스로 프로그래밍하여 자신이 만든 도안과 선생님의 도안을 비교하면서 잘못된 명령어를 찾아서 수정한다.

교실 뒷면에 커다란 유리가 비스듬하게 설치되어 있다. 앞에서 수업하는 선생님은 그 거울로 학생들의 모니터에 켜진 화면을 확인할 수 있는 구조다. 이곳 학생들도 선생님의 지시를 따르지 않고, 수업과 관련 없는 정보 검색을 즐기는 것 같다.

3교시 8D, 아디트야(Aditya), 상담(2019년 9월 6일, 금요일)

수업 주제는 학습 유형이다. 선생님이 세 종류의 학습 유형(시각, 청각, 촉각)에 관해 설명한다. 또한, 유형별 장단점과 적합한 학습 방법에 대해 알려준다. 학생들은 질문지를 통해 자신의 학습 스타일을 찾고, 효율적인 학습 방식에 대해 모둠별로 토의한다. 수업이 끝난 후 선생님이 나에게 다가와 그날의 수업에 관해 영어로 설명해 주려고 노력한다. 비록 서로 의사소통에 어려움은 있었지만, 나에게 자신의 수업 내용에 대해 자세히 설명해 주기 위해 노력하는 선생님이 고맙다. 수업이 도입 부분이어서 학생 활동이 많지 않다며 다음 차시부터는 학생 활동이 많으니 언제든지 참관해도 좋다는 말도 덧붙인다.

일주일에 걸쳐 수업 참관이 끝났다. 자신의 수업을 공개하는 것이 쉬운 일은 아니다. 특히 동 교과 선생님들을 대상으로 하는 것은 더욱 부담스럽다. '수업 도중에 실수하지 않을까? 학생들이 수업에 적극적으로 참여하지 않으면 어떡하지?' 하는 심리적 압박 때문이다. 경력이 쌓이고 수업 공개 횟수가 많아지면서 예전보다 부담이 많이 줄긴 했지만, 교생 시절과 신임 교사 때 공개 수업의 기억은 아직도 생생하다. 긴장감으로 45분이 어떻게 흘러가고, 내가 무슨 말을 했는지 기억이 나질 않을 지경이었으니.

수업 참관을 허락하고 훌륭한 수업을 보여준 선생님들에게 고마움을 전하고자 회의 시간에 감사 인사를 했다. 그때 영어로 말한 내용을 번역하여 요약하면 다음과 같다.

"저희가 수업을 참관할 수 있도록 허락해 주셔서 대단히 감사합니다. 여러분의 수업 참관을 통해 선생님들이 어떻게 학생들을 지도하고, 학생들은 어떤 자세로 수업에 참여하고 준비하는지를 알게 되었습니다. 언어의 장벽으로 우리가 수업 내용을 완전히 이해할 순 없었지만, 가르침에 대한 선생님들의 열정, 배움에 대한 학생들의 의지를 느낄 수 있었습니다. 이번 주부터 저희가 학생들에게 한국 문화, 전통, 한국어 등을 지도하게 됩니다. 여러분이 학생들에게 열정적으로 지도하신 것처럼, 저희도 최선을 다해 가르치겠습니다. 학생들이 자국 문화의 소중함을 깨닫고, 다른 나라 문화를 이해하고 체험할 수 있도록 하겠습니다. 좋은 수업을 보여주신 것에 대해 다시 한번 감사드립니다."

학교 내부 들여다보기

사베리우스 마리아 중학교

 인도네시아 학교 이름에는 규칙이 있다. '학교급+고유 번호+지역명'으로 구성된다. 학교급에는 초등학교(SD), 중학교(SMP), 인문계 고등학교(SMA), 전문계 고등학교(SMK)로 표시된다. 공립 학교는 학교급 뒤에 나라를 뜻하는 'N' 혹은 'Negeri'을 붙이고, 고유 번호는 학교가 설립된 차례로 주어진다. 지역명은 학교가 있는 도시 이름이다.

함께 파견된 교사는 총 9명으로 4곳의 학교에 배치되었다. 공립 초등학교인 'SDN 157 Palembang'에 1명, 사립초등학교인 'SD Al Azhar Cairo Palembang'에 2명, 공립 중학교인 'SMPN 1 Palembang'에 2명, 사립중학교인 'SMP Xaverius Maria Palembang'에 2명, 인문계 공립고등학교인 'SMA Plus Negeri 17 Palembang'에 2명이다. 내가 파견된 'SMP Xaverius Maria Palembang'처럼 사립 학교는 고유 번호 대신 재단 명칭을 사용하기도 한다. '사베리우스(Xaverius)'는 스페인 출신 가톨릭 성인 '프란시스 자비에르(Francis Xavier)'에서 유래했다. '자비에르'는 예수회 창립을 주도했던 6명 중 한 사람이며 인도, 일본, 중국에서 선교 활동을 벌였다. 특히, 그는 말레이시아 수도 쿠알라룸푸르에서 남쪽에 있는 말라카에서 선교 활동을 벌여 큰 성공을 거두었다. 학교 이름에서 알 수 있듯이 '사베리우스 마리아 중학교'는 가톨릭 재단에서 설립한 사립 학교다.

사베리우스 마리아 중학교는 1학년 5학급, 2학년 5학급, 3학년 6학급이다. 전교생은 449명이고 교직원은 35명(교장 1명, 교감 2명, 행정직원 5명, 교사 27명)이다. 학급당 학생 수는 25~30명으로 남녀 합반으로 편성되어 있다. 학교는 4차선 도로를 접하고 있다. 학교 앞 도로에서 보았을 때, 교문 입구 왼편에는 전교생이 예배를 드릴 수 있는 규모의 성당이 위풍당당한 모습으로 자리하고 있다. 마치 가톨릭 재단 소속 학교를 보호하려고 주님이 지키는 것처럼 위엄 있고 엄숙한 자태로.

학교는 7개 동의 건물이 사면으로 운동장을 둘러싸고 있는 구조이며, 운동장 중앙을 기준으로 오른쪽은 중학교 건물이고, 왼쪽 부분은 같은 재단 인문계 고등학교(SMA Xaverius 3 Palembang)가 사용한다. 중학교 건물은 서로 연결되어 외부로 나가지 않고도 이동할 수 있는 형태다. 등·하교 시간에는 자동차와 오토바이가 학교 앞 4차선 도로를 가득 채운다. 신호등이 없고, 시위를 떠난 화살처럼 빠르게 질주하는 차량으로 도로를 건너기 힘들 정도다. 교문 입구 왼쪽에는 학교 지킴이 실이 있다. 교문을 지나 20m쯤 걸어 들어가면 첫 번째 학교 건물을 마주하게 된다. 정면에 학생들이 등교 시 볼 수 있도록 'I'm coming to study'라고 쓰여 있다. 걸음을 멈추고 뒤로 돌아서 지나온 교문을 바라보면 'I'm going home to study'라고 쓰인 문구가 눈에 들어온다. 등·하교 시 땅을 보고 걷지 않는 이상 시선에서 피할 수 없을 정도로 큼직하고 또렷한 크기로 쓰여 있다.

건물의 일부는 필로티[2] 구조로 지어졌다. 개방된 곳은 두 가지 중요한 용도로 사용된다. 학생들이 운동장을 지나 교실로 들어가는 출입구와 오토바이 주차장으로. 주차 공간은 선생님과 고등학생들이 주로 이용하며 족히 50대 이상 주차할 수 있다. 자동차는 주차장이 별도로 마련되어 있지 않아 운동장 가장자리에 둔다. 선생님들이 대부분 오토바이로 출퇴근하므로 많은 공간이 필요하지 않다.

오토바이 주차장 맞은편에 교실 반 칸 크기의 칸틴(Kantin)이 있

---

2) 지상층에 면한 부분에 기둥, 내력벽 등 하중을 지지하는 구조체 이외의 외벽, 설비 등을 설치하지 않고 개방시킨 구조를 말한다.

다. 칸틴은 구내매점으로 학생들이 등교하는 시간에 열고, 하교 후 닫는다. 도시락, 음료수, 과자 등을 판매한다. 쉬는 시간에 학생들이 달려가서 뱃속의 허기를 달래는 사막의 오아시스 같은 곳이다. 파견 기간에 나도 그곳에서 산 도시락으로 배를 채우고 음료수를 마시며 행복감에 빠져들곤 했다. 매점을 지나 10걸음만 안쪽으로 옮기면 운동장이다. 바닥은 시멘트로 되어있고, 빨강과 녹색으로 칠해져 있다. 중앙을 기준으로 오른쪽에는 농구 코트 1면, 왼쪽에는 가운데에 배드민턴 코트를 두고 배구 코트 2면이 하얀색으로 그려져 있다. 농구 코트 중앙선 오른쪽에는 국기 게양대가 보인다. 땅을 박차고 하늘로 높이 솟아오르는 손오공의 여의봉처럼 곧게 뻗어 있다. 바로 옆 3층 건물보다 높게. 깃대 끝에는 직사각형 모양을 가로로 양 등분해 위에는 빨간색, 아래는 흰색의 인도네시아 국기가 푸른 하늘을 배경으로 바람에 펄럭인다. 국기 게양대 뒤에는 1평 정도의 간이 건물에 '루앙 피킷'이라고 쓰인 표지판이 붙어 있다. 선생님들이 순번을 정해 쉬는 시간에 자리를 지킨다. 학부모가 학생들의 준비물이나 점심 도시락을 맡겨 두면 학생이 찾아가는 곳이다. 학생이 일과 중에 외출할 때도 이곳에서 선생님에게 허락받는다.

운동장을 보호하듯 둘러싸고 있는 학교 건물을 바라보면, 복도 난간에 매달려 푸른 자태를 뽐내는 넝쿨 식물과 그 사이로 울긋불긋 피어 있는 꽃들이 보인다. 본관 건물 1층에는 행정실이 있다. 출입문을 열면 소파가 놓인 응접실이 있고, 벽면에는 각종 트로피가 있다. 안쪽에는 사무 공간으로 들어가는 문이 보인다. 문 입구 왼편에는 선생님들이 출·퇴근을 기록하는 지문인식기가 있다. 사무 공간에는 두 분의 교감 선생님과 다섯 명의 행정직원이 사용하는 책상이 자리를 차지하고 있다. 행정실에서 안쪽으로 들어가면 교장실 출입구가 나온다.

교장실은 우리나라 교실의 1/6 크기로 10㎡ 정도다. 교장실 입구 왼쪽에는 각종 대회에서 수상한 트로피가 50개도 넘게 진열되어 있다. 정면에는 교장 선생님 책상이 있고, 바로 뒷벽 면에 CCTV 모니터가 두 대 보인다. 교실, 특별실, 복도를 확인할 수 있다. 심지어 교무실 모습도 화면에 보인다. 교무실은 본관 건물 2층에 있다. 스물다섯 분의 선생님이 근무하고, 나머지 분들은 특별실에서 업무를 본다. 정면 칠판을 향해 가로 6줄, 세로 6줄로 선생님들의 책상이 배열되어 있다. 마치 교실에 학생들 책상이 놓인 것처럼. 교무실 출입구 바로 오른쪽 책상에는 잉크젯 프린터 두 대가 있고, 서랍에는 복사 용지가 있다. 출근 첫날 교무실 책상 위에 컴퓨터가 보이지 않아 의아했는데, 선생님들은 개인용 노트북 컴퓨터를 사용한다. 문서를 인쇄할 때는 자신의 노트북을 가지고 가서 프린터에 연결하여 출력한다. 교무실에 복사기는 보이지 않는다. 1층 행정실 앞에 복사실이 따로 있다. 복사를 원하면 그곳에서 인쇄를 의뢰할 수 있고, 학생들도 사용료를 지불하고 인쇄를 맡길 수 있다.

교무실 정면 중앙에는 인도네시아 국가 문양3)이 걸려 있고, 좌우에는 대통령과 부통령의 사진이 보인다. 사진 아래에는 교실 칠판 크기의 화이트보드가 있고, 그곳에 각종 안내문과 일정표가 붙어 있다. 특이한 것은 가루다 문양과 화이트보드 중간에 현재 재직 중인 선생님들이 서명한 액자가 걸려 있다. 교무실 정면 오른쪽에는 십자가가 걸려 있고, 바로 밑 거치대에 성모 마리아상과 꽃이 있다. 십자가 오른쪽에는 25인치 크기의 구형 브라운관 TV 한 대가 앵글로 짜인 거치대에 있다. 그 밑으로 선생님들이 차, 커피, 간식 등을 준비할 수 있는 공간이 있다. 교무실 오른쪽 벽면에는 벽걸이 에어컨 두 대가 차가운 냉기를 뿜어 대고, 뒷면에는 선생님들이 자료와 교재를 넣을 수 있는 사물함이 있다.

교실 정면 중앙 제일 위에 십자가가 있다. 바로 밑에는 가루다 문양이 있고, 좌우에는 대통령과 부통령 사진이 걸려 있다. 정면 좌측에는 안내 게시판이 있어 학생들에게 전달할 내용이 붙어 있다. 우측에는 스크린이 있고, 스피커 두 대가 벽에 부착되어 있다. 천장에는 프로젝터 한 대가 있고, 우측 벽면에는 에어컨이 있다. 뒷면에는 개인용 사물함이 있고, 위에는 미술 시간에 만든 학생 작품이 몇 점 있다.

교실에도 컴퓨터는 보이지 않는다. 수업 시간에 컴퓨터가 필요하면 교사가 개인용 컴퓨터를 가지고 와서 연결해 사용한다. 매번 설

---

3) 가루다 문양은 황금빛으로 날개를 활짝 펴고 있는 독수리 몸통 위에 인도네시아 '5대 국가이념(빤짜실라)': 인간의 존엄, 신앙, 민주주의, 사회정의, 통일이 새겨져 있다. 또한, 독수리는 '다양성 속의 통합(BHINNEKA TUNGGAL IKA)'이라고 쓰인 하얀색 두루마리를 양발로 움켜쥐고 있다.

치해야 하는 불편함이 있지만, 장점도 있어 보인다. 한국에서 담임 교사는 학급용 컴퓨터 관리로 스트레스를 받기도 한다. 쉬는 시간에 서로 컴퓨터를 차지하여 게임을 하거나 음악을 듣기 위해 다투는 경우가 종종 발생하기 때문이다. 학생들이 수업 시간 이외에는 사용하지 못하도록 비밀번호를 바꾸어도 학생들은 귀신같이 알아낸다.

사베리우스 마리아 중학교에는 우리나라 학교에서 보기 드문 한 곳이 있다. 학용품을 판매하는 무인 코너다. 학생들의 왕래가 빈번한 복도 한쪽에 조그마하게 있지만, 학생들을 배려하는 마음이 느껴지는 곳이다.

인도네시아 공립 학교와 사립 학교는 교육 기자재 확충 및 시설 면에서 차이가 크다. 파견된 선생님들의 이야기를 종합해 보면 사베리우스 마리아 중학교는 교육 여건 면에서 좋은 편에 속한다. 반면에 공립 학교는 사립 학교와 비교해 상대적으로 좋지 않다. 공립 학교에 근무하는 동료 교사들은 "정전이 자주 발생하여 수업의 흐름이 끊기는 때도 있고, 프로젝터가 없어서 PPT 대신 커다란 종이에 학습 내용을 써서 수업하기도 한다"라고 말한다. 그러나 비교적 최근에 지어진 명문 사립 학교는 한국의 일반 학교보다 우수한 시설을 갖추고 있다. 인도네시아 정부가 교육 재정을 확충하여 공립 학교에 충분한 예산을 제공하길 기대해 본다. 사립 학교와 비교해도 뒤떨어지지 않는 교육 기자재와 시설이 갖추어져 학생들의 교육

력을 높일 수 있도록. 또한, 경제적 이유로 학생들이 교육 기회의 불평등을 받지 않도록.

기도로 시작하는 학교

당신은 직장에 출근한 후 하루를 어떻게 시작하는가요? 대부분
자기 자신만의 방식이 있을 것이다. 운동선수들이 경기력을 향상하
려고 습관적으로 하는 동작이나 절차처럼. 나는 일반적으로 교무실
에 8시 20분에 도착하여 선생님들과 인사를 나눈 후 곧장 영어실
로 간다. 학습 환경에 좋은 적정 실내 온도 유지를 위해 창문을 열
거나, 냉·난방기를 가동하기 위해. 밤사이에 밀폐된 교실 공기는 내
수업의 방해물이다. 밤늦도록 핸드폰 사용으로 잠이 부족한 학생들
에게 '어서 잠을 주무세요'라고 불을 댕기는 좋은 수면제이기 때문
이다.

다음으로 수업 준비를 위해 컴퓨터와 모니터를 켠다. 학년별 교과
진도를 확인 후, 화면에 이상이 없는 것을 확인하고, 보조 칠판으로

다가간다. 그 주에 가르칠 영어 명문장(일주일 동안 암기할 시간을 주고 금요일에 평가한다)을 칠판에 쓰고, 하루 일정의 준비를 마친다. 나의 소중한 고객인 학생들이 '제발 오늘은 힘이 없고 슬픈 표정이 아닌, 즐겁고 신나는 학교생활을 기대하는 모습으로 들어오길' 바라는 마음으로.

종교 재단에서 설립한 학교답게 사베리우스 마리아 중학교의 교육 과정과 학사 일정은 종교와 밀접하게 관련이 있다. 7, 8학년은 주당 4시간, 9학년은 주당 3시간 종교 수업을 받는다. 선생님들은 대부분 오전 6시 40분까지 교무실에 도착하고, 6시 45분에 아침 예배가 시작된다. 가톨릭 종교를 믿는 선생님이 순번을 정해 예배를 주관하며, 약 10분 정도 진행된다. 기도 시간에 늦은 선생님들은 예배가 끝날 때까지 문 앞에 서 있다. 마치 앞으로 늦지 않겠다고 사죄하고 용서를 비는 학생처럼. 기도가 끝나면 교장 선생님이 인사말을 한다. 그 후 두 분의 교감 선생님이 차례로 업무와 관련된 안내 사항을 전달하고 회의를 마친다.

우리나라에서는 인사를 한 후에 회의를 시작하는 것이 보편적이다. 하지만 이곳에서는 회의가 끝난 후에 서로 악수하며 인사한다.
"앗살라무 알라이쿰.(당신에게 평화가 깃들기를.)"
"알라이쿰 앗살라무.(당신에게도 평화가 깃들기를.)"

학생들은 보통 6시 50분까지 등교하여 자기 교실 앞 복도에서 자유롭게 시간을 보낸다. 친구들과 수다를 떠는 학생, 책을 읽는 학생, 숙제하는 아이들을 볼 수 있다. 수업 시작종이 울리면 학생들은 복도에 2열로 줄을 서 담임 선생님과 인사를 나누고 차례로 교실로 들어가 자신의 자리에 앉는다. 모든 학생이 자리에 정돈하면 국기에 경례하고, 5대 국가이념인 빤짜실라(Pancasila)를 함께 낭송한다. 한국에서는 일제와 군사 문화의 잔재라고 이미 없어진 행사가 이곳에서는 국가 사랑이라는 명목으로 남아 있다. 부정적인 시각으로 보기보다는 다양한 민족이 함께하는 인도네시아에서 '다양성 속의 통합'이라는 국가의 모토를 달성하려면 필요한 교육이라 생각된다.

수업은 금요일을 제외하고 오전 7시에 시작되어 오후 1시 30분에 끝난다. 한 시간 수업은 40분이며, 3시간 수업이 연속으로 진행된다. 한국처럼 매시간 수업이 끝난 후 10분간의 휴식 시간은 없다. 휴식 시간은 두 번 있다. 1~3교시 블록 타임 120분 수업 후 15분(09:00~09:15), 4~6교시 블록 타임 120분 수업 후 15분(11:15~11:30)이다. 따라서 학생들이 수업 시간에 교사에게 허락을 구하지 않고 자유롭게 화장실 가는 모습을 자주 볼 수 있다.

첫 번째 휴식 시간에는 스피커를 통해 음악이 나온다. 무슨 노래일까 궁금해 학생에게 물었다.

"노래에 인도네시아가 많이 나오는데 제목이 뭐니?"

"우리나라 국가입니다."

인도네시아 국가인 '위대한 인도네시아(Indonesia Raya)'가 온 교정에 울려 퍼진다.

블록 타임으로 수업하는 교사는 다음 시간이 쉬는 시간이 아니면 수업을 2~3분 정도 빨리 끝낸다. 학생들이 다음 수업을 준비할 수 있는 시간적 여유를 갖도록 하기 위함이다. 파견 근무 초기에 이를 알지 못하고 종이 울릴 때까지 수업을 진행하여 다음 시간 선생님이 복도에서 기다리고, 학생들은 허둥지둥 다음 수업을 준비하는 불편을 만들기도 했다. 점심시간은 따로 있지 않다. 6교시 후 즉 두 번째 휴식 시간이 점심시간이다. 집에서 준비해 온 도시락으로 교실이나 복도, 휴게실 등에서 자유롭게 식사한다. 선생님도 마찬가지다. 자신의 수업이 없을 때 교무실에서 편하게 식사한다. 이른 등교 시간으로 아침 식사를 하지 못한 학생들이 1교시 수업을 시작하기도 전에 점심 도시락을 먹는 모습도 볼 수 있다. 7교시 수업 중인 12:00에 약 3분 정도 기도 시간이 있다. 방송이 나오면 안내에 따라 모두 함께 기도하고, 주기도문을 암송한다.

파견 근무 둘째 주 어느 날이었다. 학생들에게 한국과 인도네시아 교육 제도의 차이를 설명하고 있는데 교내 방송이 나온다. 한참 방송을 듣던 일부 학생들이 갑자기 "와"하고 환호성을 목청껏 지른다. 무슨 일인지 궁금해 맨 앞줄에 앉아 있는 학생에게 물었다.

"방송 내용이 무엇이지?"
"내일 학교 옆 성당에서 아침 7시에 예배가 있데요."

"그런데 왜 소리 지르지?"

"가톨릭을 믿는 학생만 참여하고 다른 학생들은 아침 8시까지 등교해서요."

학생들이 목청껏 함성을 지른 것이 이해되었다. 모처럼 늦잠을 잘 수 있으니 얼마나 좋겠는가. 수업이 끝난 후 교무실로 돌아가자, 내 뒷자리 유니스마(Yunisma) 선생님이 핸드폰 번역기를 이용해 방송 내용을 자세히 설명해 주었다. 선생님들도 내일 30분 늦게 출근해도 좋다고 덧붙이면서.

그때까지 천주교 재단 소속 학교니 '대다수 학생이 천주교 신자겠지'라고 생각했다. 그러나 유니스마 선생님에 의하면 70% 정도의 학생이 불교 신자라고 한다. 이 학교 학생들의 민족 구성을 살펴보니 다소 이해가 되었다. 80% 정도의 학생이 중국계이기 때문이다. 유니스마 선생님이 말했다.

"Mr. Yoon, 중국인들은 불교 신자가 많아요."

나는 그녀의 종교가 궁금해 조심스럽게 물었다.

"당신도 가톨릭 신자인가요?"

그녀가 구글 번역기 앱에 한참 동안 글을 써서 내게 보여주었다.

"나는 이슬람교도여서 하루에 다섯 번 기도를 드린다. 학교에서는 히잡을 쓰지 않지만, 집에 돌아가면 히잡을 착용하고 생활한다. 또한, 가족 모두 이슬람을 믿는다."

"학교에서 기도실을 보지 못했는데요."

"기도실이 없어서 빈 교실에서 이슬람 신도 선생님들과 함께 기도한다."

내가 파견 첫 주에 학생들한테서 많이 들은 질문을 그녀도 했다.

"Mr. Yoon은 종교가 무엇인가요?"

"불교입니다."

사실 나는 불교 신자는 아니다. 하지만 종교가 없다고 말하는 것은 인도네시아 사람들에게 이해되지 않는 답변이다. 그들의 일상이 신과 밀접하게 연결돼 있기 때문이다. 우리나라 주민등록증과 비슷한 신분증에 그 사람이 믿는 종교가 적혀 있다는 사실이 믿어지는가?

유니스마 선생님이 묻는다.

"주말에 절에 갈 수 있도록 학교에서 차량을 제공해 드릴까요?"

마침 수업 시작종이 울려 "아닙니다. 가끔 가기 때문에 한국에 돌아가서 가면 됩니다"라고 둘러대며 나의 불심(佛心)에 관한 대화를 끝내고, 서둘러 교실로 걸음을 재촉했다.

part 3

학생들의 일상 속으로

하이파이브(High five)하는 교장 선생님

　인도네시아에서는 '오젝(Ozek)'을 이용해 등·하교하는 학생을 많이 볼 수 있다. 사베리우스 마리아 중학교 학생들 역시 '오젝'이 압도적인 등·하교 교통편이다. '오젝'은 인도네시아어로 오토바이를 뜻하며, 인도네시아에서 가장 대중적인 교통수단이다. 고등학생은 직접 운전해 등·하교하지만, 초·중학생들은 학부모가 데려다준다. 만 17세부터 면허를 취득할 수 있기 때문이다. 등교 시간에 학교 앞 도로는 출근하는 오토바이와 학생들을 등교시키는 오토바이로 시장통을 방불케 한다. 교문 앞에는 교장 선생님과 학교 지킴이가 서 있다. 학교 지킴이는 학생들의 안전한 등하교를 돕는다. 자동차와 오토바이로 뒤엉킨 도로에서 학생들이 안전하게 내리고, 도로를 건널 수 있도록.

레오(Leo) 교장 선생님은 교문으로 들어오는 학생들을 맞이한다. 얼굴에 미소를 가득 머금고 부드러운 눈길을 건네며. 학생이 가까이 다가오자, 그는 오른손을 허공으로 들어 올린다. 학생들도 교장 선생님 앞에서 오른손을 쫙 펼쳐 높이 올린다. 순간 "짝"하는 경쾌한 소리가 하늘로 퍼져 나간다. 교장 선생님이 학생들과 '하이파이브'로 아침 인사를 하는 것이다. 하이파이브를 한 학생들은 활기찬 모습으로 교실이 있는 쪽으로 걸어간다. 운동선수가 경기에서 멋진 플레이를 한 후에 늠름하게 관중들에게 다가가 인사하듯이. 교장 선생님과 즐겁게 하이파이브하는 학생들의 모습을 보자, 학창 시절 등굣길 교문 앞에서 펼쳐진 모습이 떠오른다. 영화 속 한 장면처럼 생생하게.

교문 안쪽에 몇 사람이 서 있다. 하늘을 나는 매가 땅 위에 떠도는 먹잇감을 찾듯이, 교문 밖을 날카로운 눈빛으로 노려본다. 학생부 소속 선생님과 선도부 학생들이다. 생활 지도 목적으로 교문 앞에서 근엄한 자세로 버티고 있다. 마치 절 입구에 사천왕상이 사악한 무리를 물리치려고 무시무시한 모습으로 알사탕만큼 커다란 눈알을 굴리며 지키고 있듯이.

등교하는 학생들은 모자를 고쳐 쓰거나, 가방 속에 밀쳐 넣은 모자를 빼내 단정하게 쓴다. 일부 학생은 목 옷깃으로 손이 올라간다. 후크(단추 대신에 쓰이는 갈고리 모양의 쇠고리)가 잠겼는지 확인하기 위해. 무사히 통과하길 기대하며 교문으로 다가갈수록 얼굴에는 긴장된 표정이 또렷해 보인다. 교문 안 한쪽 편에는 몇몇 학생이 고개를 숙이고 서 있다. 선도부원 학생이 생활지도 일지에 인적 사항을 적는다. 회초리를 든 학생부장 선생님은 학생들에게 장황하게 훈시한다. 쪼그려뛰기, 오리걸음, 엎드려뻗쳐하고 있는 학생의 모습도 보인다. 무사히 교문을 통과한 학생은 안도의 한숨을 쉬며 교실로 향한다.

　교실로 들어가는 건물 입구에도 선생님들이 학생을 기다리고 있다. 교감 두 분(위나르토, 루스미니)과 선생님 한 분이다. 인도네시아 학교에서 교감 선생님의 역할은 한국과 다르다. 행정 업무만 담당하는 한국과 달리 교과 지도와 업무를 담당한다. 한국에서 부장교사의 역할처럼. 위나르토 교감은 생물, 루스미니 교감은 사회 과목을 가르친다. 평교사의 주당 평균 수업 시수는 22시간 정도이고, 교감은 12시간 담당 교과를 지도한다.

　학생들이 다가와 선생님과 손 인사를 한다. 오른손을 내밀어 선생님의 오른손 끝을 살짝 잡는다. 동시에 무릎을 약간 굽히며 선생님의 손등을 자신의 볼이나 이마에 가볍게 댄다. 자신보다 나이가 많거나 존경하는 사람을 만났을 때 하는 인도네시아식 인사법이다. 복도에서 선생님과 마주쳐도 학생들은 이와 같은 방법으로 예를 갖춘다. 선생님들과 인사를 한 후 학생들은 자신의 교실로 향한다. 교실 앞 복도에서 1교시 종이 울릴 때까지 담임 선생님을 기다리며 친구들과 시간을 보낸다.

파견 근무 초기에 나는 이러한 인사법에 익숙하지 않아 학생들에게 결례를 범하기도 했다. 학생들이 손을 내미는데 눈인사만 하거나, "안녕"하고 지나쳐 버린 것이다. 한국에서 학생들에게 인사하는 방식으로. 그러나 바로 '아차, 내가 실수했구나. 손을 내밀어야 했는데' 하는 생각이 들어 뒤돌아보고 학생과 눈이 마주치면 "Sorry"하곤 했다. 처음에는 그러한 인사법에 어색함을 감출 수 없었다. 학생들에게 과분하게 존중받는 느낌이 들었기 때문이다. 하지만 차츰차츰 익숙해져 내가 그러한 인사법을 즐긴다는 것을 알게 되었다. 학생이 다가오면 자동으로 오른손을 내미는 나의 모습을 보면서.

등교 맞이

등교하는 학생들과 인사하는 교장, 교감 선생님의 모습이 신선하게 다가왔다. 학생들은 선생님을 진심으로 존경하고, 선생님들은 학생들을 따뜻한 가슴으로 맞이하는 느낌이 들었다.

어느 날 출근하면서 위나로토 교감 선생님에게 조심스럽게 물었다.

"저희도 아침에 학생들 등교 맞이 함께 해도 될까요?"

"Bagus.(OK)"

그는 활짝 웃으면서 대답해 주었다. 그날 이후 이 선생님과 나는 6시 30분에 학교에 도착하여 학생들 등교 맞이를 함께했다. 비록 일주일에 한 번이었지만, 학생들에게 좀 더 가까이 다가갈 수 있는 시간이었다.

요즘 학생들의 등교 모습은 나의 학창 시절과는 사뭇 다른 것 같다. 특별한 등교 맞이 행사를 벌인 학교가 언론의 조명을 받곤 하는 것을 보면. 등교 시간에 간식을 주는 학교, 사과 데이 행사로 사과를 나누어 주는 학교, 화분을 나누어 주는 학교, 등교하는 학생을 안아 주는 학교, 캐릭터 복장을 하고 웃음을 제공하는 학교 등. 그렇지만 아직도 등교 시 복장이 단정한지, 명찰을 착용했는지 검사하는 학교도 있다. 아이들이 즐겁게 교문을 통과하는 등교 맞이가 아닌 생활 지도라는 아름다운 말을 내세우면서.

오늘도 레오 교장 선생님은 등교하는 학생들과 신나게 하이파이브를 하고 있을 것이다. 단순히 두 개의 손바닥이 아닌 두 사람, 학생과 교장이 서로를 존중하고 사랑하는 마음으로 "짝, 짝, 짝……" 소리가 도로를 가득 메운 오토바이 소음보다 크게.

'우리나라 교문에서도 하이파이브 소리가 끊이지 않고 울려 퍼지면 멋지지 않을까?' 생각해 본다.

"짝, 짝, 짝……"

'다양성 속의 통합'을 꿈꾸며

　'인도네시아는 다양성 속의 통합을 어떻게 실현하고 있을까?' 세계에서 찾아보기 힘든 대표적인 다민족, 다문화, 다종교 국가인데. 이 물음은 인도네시아에서 근무하는 동안 내가 찾고자 하는 화두(話頭)였다. 마치 참선하는 수행자가 깨달음을 얻기 위해 궁극적으로 찾고자 하는 근본적인 질문처럼.

　인도네시아 근현대사는 한국과 비슷한 점이 있다. 제국주의 시대에 외세의 침략으로 식민지가 되었다. 1600년 초반부터 무려 350년 동안 네덜란드 지배를 받았다. 2차 세계 대전 중에는 1942년부터 약 3년 6개월간 일본이 점령했다. 일본이 패망하자, 1945년 8월 17일에 독립했다. 우리나라보다 이틀 늦다. 패전국임에도 불구하고 인도네시아에서 이득을 얻고, 350년간의 네덜란드 지배에서 벗어나게 도움을 주고, 독립에 공헌한 국가임을 내세우려는 일본의 계략 때문이었다고 한다. 이 때문에 현재도 일부 인도네시아 사람들은 일본이 자신들의 독립에 긍정적인 영향을 끼쳤다고 생각한다. 비록 독립을 이루었지만, 인도네시아는 하나의 구심점을 갖지 못했다. 수많은 다양한 민족이 자신만의 고유한 언어와 문화를 지니고 있기 때문이다. 독립 영웅이며 초대 대통령인 수카르노는 독립된 국가 통합의 필요성을 느꼈다. 그는 인도네시아 5대 건국 이념인 '빤짜실라(Pancasila)'를 제안했다. 인도네시아어로 빤짜(Panca)는 다섯, 실라(Sila)는 기초를 뜻한다. 더불어 그는 다양한 민족을 하나로 모으기 위해 국가의 모토를 '다양성 속의 통합'으로 정했다.

인도네시아가 서로 다름을 인정하고, 다양성 속의 통합을 이루려는 노력은 일상에서 찾아볼 수 있다. 국가의 상징인 '가루다'가 대표적이다. 가루다는 '신성한 독수리'를 뜻한다. 힌두교에서 비슈누 신(악을 없애고 정의를 세우는 평화의 상징)을 태우고 다니는 신화 속에 등장하는 상상의 새다.

"가루다는 금색과 검은색으로 그려졌다. 금색은 국가의 위대함을, 검은색은 자연을 상징한다. 목에는 45개, 꼬리에는 8개, 양 날개에는 17개의 깃털이 있다. 그것은 인도네시아가 독립을 선포한 1945년 8월 17일을 의미한다."

"몸통의 방패는 자주국방과 국가 수호를 상징하며, 방패 안의 그림은 인도네시아의 5대 건국 이념인 '빤짜실라(Pancasila)'를 가리

킨다. 중앙의 별은 유일신에 대한 믿음, 금빛 사슬은 공정하고 고상한 인류애를, 반얀나무는 인도네시아의 통합을, 들소는 대의 정치를, 벼 이삭과 목화는 사회정의 구현을 각각 상징한다."

인도네시아는 세계 최대 이슬람 국가이다. 그런데 국가의 상징에 이슬람이 아닌 힌두교 신화 속의 새가 그려져 있다. 인도의 힌두교가 동남아시아에 전파되면서 끼친 영향 때문이다. 그러나 가루다 문양이 1950년대에 제정된 것을 고려하면, 인도네시아인들의 타문화에 대한 수용적인 자세를 엿볼 수 있다. 자신과 다르다는 이유로 거부하지 않고 인정하고 포용하려는 마음을.

인도네시아는 종교의 자유를 헌법에 보장하고 있다. 국민 85% 이상이 이슬람교도지만 이슬람교가 국교는 아니다. 이슬람교, 기독교, 가톨릭, 힌두교, 불교, 유교를 공식적인 종교로 인정한다.

팔렘방에는 2018년 아시안게임 주 경기장이 있다. 경기장 한편에 아시안게임 개최 기념공원이 있는데, 여섯 가지 종교를 상징하는 사원이 똑같은 규모의 크기로 나란히 세워져 있다. 국민에게 신에 대한 믿음이 중요하지, 특정 종교에 경중이 없음을 알리려는 의도로.

'학교에서는 통합을 위해 어떻게 노력하고 있을까?' 궁금했다. 협력 교사인 알버트에게 어느 날 물었다.

"알버트, 다양성 속의 통합을 실현하기 위해 학생들에게 특별한 교육을 하나요?"

그는 한순간의 망설임도 없이, 확신에 찬 목소리로 분명하게 말했다.

"우리는 빤자실라 5대 건국 이념을 교육 과정 내에서 끊임없이 학생들에게 가르칩니다. '틀림이 아닌 다름'을 학생들이 자연스럽게 받아들이도록."

잠시 생각한 후에 그는 말을 이었다.

"국기 게양식(Flag ceremony)과 스카우트 활동도 국민 통합을 위한 것입니다."

인도네시아 학교에서 국기 게양식은 엄숙한 의식이다. 학교 행사 중에서 하나의 큰 축을 이룬다. 한국의 애국 조회와 비슷한 점이 있지만, 절차와 분위기가 사뭇 다르다. 사베리우스 마리아 중학교에서는 1, 3주 금요일 아침에 국기 게양식을 한다. 행사는 학생회와 국기 게양단 리더 학생들이 주관한다. 교내 방송이 나오면 학생들이 모두 운동장으로 나간다. 정면 국기 게양대를 향해 학생들이 반별로 줄을 선다. 선생님들은 국기 게양대 뒤편에서 학생들을 마주본다. 행사 리더가 학생들 중앙 앞으로 나와 전체 학생을 정렬시킨다. 의식의 총책임자 선생님이 단상 위로 올라간다. 일반적으로 교장 선생님이 역할을 맡는다. 국기 게양단이 국기를 양손에 받들고 게양대로 이동한다. 마치 군인들이 행진하듯이 발로 땅을 "쿵, 쿵" 힘차게 박차고, 팔을 절도 있게 흔들면서. 국기를 줄에 매달고, 천천히 게양대 끝까지 올린다. 국기가 올라갈 때, 한쪽 편에 정렬해 있는 합창단이 인도네시아 국가를 부른다. 선생님과 학생들은 국기를 바라보며 경례한다. 국가 합창이 끝나면 교장 선생님이 인도네시아 5대 건국 이념을 말한다. 학생들은 하나하나 따라서 제창한다.

국기 게양식

오늘날은 세계화 시대로 불린다. 비록 국가 간 이념, 종교의 차이로 지역 분쟁이 일어나고 갈등이 여전히 있지만. 세계화 시대에는 개별 국가의 개념이나 민족적 특성이 차츰 사라지고 있다. 대신 세계를 하나의 공동체로 인식하고 인류의 보편타당한 가치를 존중하고 따른다.

'인도네시아 학교에서 국기 게양식은 세계화 시대에 어울리지 않는 모습일 수 있다. 그러나 학생들에게 확고한 국가 정체성을 가르치고, 민족 통합을 위해 그들에게는 꼭 필요한 행사다'라는 생각이 들었다.

나무가 풍성한 열매를 맺기 위해서는 땅속 깊이 뿌리내려야 한다. 거친 비바람과 폭풍우를 이겨낼 수 있도록. 더불어 적정한 양분도 주어야 한다. 국기 게양식이 '다양성 속의 통합'을 실현하고 세계화 시대에 밑거름이 되는 인도네시아의 고유한 전통이자 문화로 자리매김하는 느낌이었다.

학교 행사에서 또 다른 축을 이루는 것은 스카우트 활동이다. 전 세계에서 스카우트 단원이 가장 많은 나라는 어디일까? 바로 인도네시아다. 초·중·고등학교 모든 학생이 스카우트 대원이니 이해가 되지 않는가? 스카우트 활동이 2015년부터 정규 교과목으로 채택되었기 때문이다.

사베리우스 마리아 중학교는 매주 금요일 스카우트 활동을 한다. 정규수업은 7시 30분에 시작해 11시 5분에 끝난다. 이후 11시 5분부터 12시 5분까지 1시간 동안 스카우트 활동이 교실과 운동장에서 학급별로 진행된다. 실내 활동으로는 스카우트 정신, 지도력, 응급 처치, 매듭법, 야영 활동 등에 대한 교육을 받는다. 실외 활동은 나무와 줄을 이용하여 야영지 만들기, 도구 사용하기, 나침반 활용, 게임을 통한 협동심 등에 관해 배운다. 알버트는 스카우트 활동의 장점을 힘주어 말했다.

"학생들은 스카우트 활동을 통해 협력심, 책임감, 도전 정신, 지도력을 키우면서 동시에 건국 이념인 인류애와 민주주의 정신을 몸으로 익힌다."

얼마 전에 간 음악회의 기억이 떠오른다. 공연 주제는 '가치 꽃피는 정원'이었다. 발달 장애 아동과 부모를 위한 음악회였다. 공연장에 들어가니 분위기가 일반 음악회와 달랐다. 공연장 통로를 달리는 아이, 같은 말을 계속 반복하는 아이, 주위를 계속 둘러보며 소리치는 아이, 자녀를 달래려고 애쓰는 부모의 모습이 내 눈에 들어왔다. 이런 분위기에서 공연이 잘 이루어질지 걱정이 되었다. 정해진 시간이 되자 사회자가 무대에 등장했다. 그녀는 발달 장애 아동과 부모를 위한 공연임을 다시 한번 강조했다. 뒤이어 간호학과 교수님이 발달 장애 아동의 특성에 대해 간단히 설명을 덧붙였다. 마음을 열고 바라보니 아이들의 모습이 '틀림이 아닌 다름'으로 인식되었다. 공연이 시작되었지만, 아이들이 내는 소란한 소리는 멈추지 않았다. 하지만 더는 연주를 방해하는 불협화음이 아니었다. 오히려 연주자들이 만들어 내는 아름다운 선율과 어울리는 '화음'으로 다가왔다.

한국 사회에서 다름을 인정하지 않고 '틀림'으로 거부하고 배척하는 사례를 볼 수 있다. 장애인 학교 설립, 성 소수자 축제 개최, 이주 노동자 생활 시설 마련, 이슬람 사원 건립 등을 반대하는 경우다. 편견이라는 색안경을 쓰고 다름을 인정하지 않기 때문이다.

우리 사회가 인도네시아처럼 다양한 민족, 언어, 문화가 있지는 않지만, 우리 사회에도 여러 가지 다양성이 존재한다. 점점 다양성이 확대되어 가고 있는 시대에 '다양성 속의 통합'을 이루기 위해 한국 사회에서 필요한 정신은 무엇일까?

'틀렸다'가 아닌 '다름'으로 인정하고 포용하는 자세가 아닐는지.

가루다 문양

요일마다 변신하는 아이들

'여자의 변신은 무죄'라는 광고 문구가 있다. 아름다워지고 개성을 표현하고자 하는 인간의 욕망을 짧게 표현한 말이다. 타인에게 피해를 주지 않고 아름다워지고자 한다면 왜 죄가 되겠는가? 그리고 그것이 어찌 여성에게만 해당하겠는가? 인간뿐만 아니라 동물까지도 다양한 이유로 자기만의 멋을 내는데.

교복을 입는 학생들도 자기만의 개성을 표현하려고 애를 쓴다. 남학생은 교복 바지통을 줄여 키가 크게 보이려 하고, 여학생은 치마 길이를 줄여 각선미를 드러낸다. 일부 학생들은 헤어 스타일, 염색, 화장, 귀걸이로 멋을 내기도 한다.

인도네시아 학생들은 개성 표현 욕구가 높지 않은 것 같다. 한국 학생들이 외모에 관심을 쏟는 것과 비교하면. 모두 교복을 단정히 입고 등·하교한다. 일부 여학생들은 귀걸이와 목걸이로 멋을 내지만 한국 학생들처럼 화장한 아이들은 찾아볼 수 없다. 선생님들은 학교에서 학생들의 복장에 대해 특별히 지도하지 않는다.

　파견 교사로 처음 출근한 날은 월요일이었다. 종이 울리자, 협력 교사와 교실로 향했다. 발걸음은 가벼웠지만 마음은 긴장되고 두근 거렸다. 손에 약간의 축축한 땀이 느껴졌다. 교무실의 시원한 에어 컨 바람에서 멀어져 무더운 공기가 가득한 복도로 들어선 때문인지 아니면 긴장감 때문인지는 알 수 없었다. 교실 입구에 도착해 협력 교사의 안내로 교실에 한 발을 사뿐히 들이밀었다. 긴장한 표정을 감추려고 머리를 들고 가슴을 쫙 편 반듯한 자세를 취하며. 신체검 사에서 키를 재는 학생이 배를 끌어당겨 가슴을 내밀고 허리를 곧 게 펴서 키를 일 센티미터라도 키우려는 것처럼.
　나를 소개하는 협력 교사 옆에서 학생들의 표정과 복장을 살폈다. 낯선 이방인에 대한 호기심이 눈망울에서 느껴졌다. 단정하게 교복 을 입은 모습으로 맑고 또렷한 눈으로 모두 나를 응시하고 있었다. 상의는 흰색의 반소매 셔츠다. 왼쪽 가슴 편에는 주머니가 하나 있 다. 주머니 바로 위에 빨강과 흰색으로 이루어진 인도네시아 국기 가 보인다. 학창 시절 착용한 명찰의 절반 크기다. 주머니 앞면에는 학교 마크가 붙어 있다. 오른쪽 가슴에는 흰색 바탕천에 검은색 실 로 글자가 새겨진 학생의 이름표가 붙어 있다. 오른팔 소매 옆에는 학교 마크가 보인다. 하의는 진한 청색으로 남학생은 바지, 여학생은 치마를 입고 있다. 목에는 넥타이를 매고 있다. 넥타이 아랫부분에도 학교 마크가 선명하게 보인다. 대다수 학생이 넥타이 매듭 부분을 약간은 느슨하게 매고 있다. 교실 한쪽 벽면에 설치된 에어컨에서 뿜어져 나오는 시원한 바람이 몸속으로 들어갈 틈을 주려는 듯.

점심 식사 후 마가레타가 나에게 물었다.

"한국에서는 선생님들이 캐주얼 셔츠를 입고 출근해도 되나요?"

그날 나는 캐주얼 셔츠 위에 재킷을 입고 출근했다. 몸속으로 에너지원이 들어가자 몸에서 열기가 느껴져 재킷을 벗고 있었다. 몸의 열기를 조금이라고 누그러뜨릴 목적으로, 편한 셔츠만을 입고 있는 나의 모습이 그녀에게 낯설게 느껴진 것이다.

"문제가 되지 않아요. 나는 가끔 청바지를 입기도 해요. 멋쟁이 여선생님들은 무릎 위로 올라가는 짧은 치마도 입어요. 옷을 입는 것은 자기 개성 표현입니다."

그녀가 약간은 놀라면서도 부러운 듯이 말했다.

"인도네시아는 학생들 교복이 요일마다 정해져 있고, 선생님도 복장 규정이 있어요."

"나도 정장을 하고 출근해야 하나요?"

"외국인이니 괜찮아요. 한국에서처럼 편안하게 입고 출근하세요."

괜찮다는 답변은 들었지만, 마음이 약간은 불편했다. 내가 그들만의 규칙을 어기는 것이 아닌가 하는 걱정 때문에.

"한국에서 출발 전에 선생님들의 복장이 궁금해 알버트에게 몇 차례 메일을 보냈는데 답장을 받지 못했네요."

"알버트는 일 처리가 늦어요."

그녀가 웃으며 말했다.

마가레타와 대화 후 '준비해 온 옷을 최대한 활용해서 현지 선생님들과 비슷한 복장으로 출근해야겠다'라고 생각했다.

요일별로 학생들의 교복이 바뀐다니 흥미로웠다. 학생들이 입는 교복을 자세히 살펴보았다. 화요일 교복은 월요일 복장에 약간의 변화가 있었다. 상의 흰색 셔츠에 조끼를 입는다. 조끼는 밝은 하늘색이다. 조끼에도 왼쪽 가슴에는 국기가 붙어 있고, 바로 아래에는 학교 마크가 새겨져 있다. 오른쪽 가슴에는 명찰이 붙어 있다. 하의는 월요일과 같이 진한 청색이다.

수요일 교복 상의에는 연한 하늘색에 진한 청색의 체크무늬가 그려져 있다. 옷감 무늬 모양으로 그물을 만들면 모기도 걸릴 정도로 촘촘한 모양이다. 왼쪽 호주머니 위에 학교 마크가 붙어 있다. 국기는 보이지 않는다. 오른쪽 가슴 부분에 이름표가 붙어 있고, 오른쪽 반소매 옆에도 학교 마크가 보인다.

목요일은 바틱을 입는 날이다. 학생뿐만 아니라 선생님들도 바틱을 입고 출근한다. 다양한 무늬가 그려진 바틱으로 학교 전체가 울긋불긋하게 변한다. 상의는 황토색과 밤색으로 무늬가 그려진 바틱 셔츠다. 넥타이는 하지 않는다. 국기와 학교 마크는 보이지 않고, 오른쪽 가슴 편에 이름표가 붙어 있다. 하의는 바틱 무늬가 없는 밤색으로 남학생은 바지, 여학생은 치마를 입는다.

바틱은 인도네시아 전통 의상이다. 옷의 형태가 아닌 수공으로 염색해 만든 옷감 혹은 그 옷감으로 만든 옷을 의미한다. 바틱은 2009년 유네스코 세계 문화유산으로 등재됐다. 학교나 직장에서는 바틱 입는 날(Batik day)이 정해져 있다. 인도네시아 사람들은 일상생활에서뿐만 아니라 공식적인 자리에서도 바틱을 즐겨 입는다.

금요일은 스카우트 복장을 착용하는 날이다. 선생님들도 마찬가지다. 상의는 황토색 셔츠다. 오른쪽 가슴 부분에 이름표가 붙어 있다. 목에는 인도네시아 국기를 상징하는 빨강과 흰색으로 된 스카프를 넥타이처럼 두른다. 스카프 끝이 명치에 닿아 있다. 하의는 남학생은 밤색으로 된 바지, 여학생은 치마를 입는다. 실외에서는 밤색으로 된 중절모 형태의 모자를 쓴다. 금요일 퇴근 시간에 책상 위 비닐에 포장된 물건이 놓여 있었다. '무엇이지?' 하는 생각으로 이리저리 살필 때 마가레타가 다가와 말했다.

"다음 주에 한국으로 떠나는 루시가 선물로 두었어요. 어제저녁에 고마웠다고."

전날 저녁에 한국 식당에서 루시 가족과 알버트 가족에게 저녁 식사를 대접한 것에 대한 보답이었다. 마가레타가 내용물을 알고 있다는 표정을 지으며 말했다.

"무엇인지 궁금하지 않아요? 열어 보세요."

파란색 계열의 바틱 셔츠가 들어 있다. 마가레타가 나와 이 선생님에게 입어 보라고 재촉했다. 빈 곳에 들어가 옷을 갈아입고 나오자, 교무실 선생님들의 시선이 우리에게 쏠렸다. 이곳저곳에서 선생님들이 웃으며 말한다.

"멋져요, 잘 어울려요……."

'다음 주부터는 바틱 입는 날(Batik day)에 함께 할 수 있겠군'
하는 생각이 들었다.

바틱 데이(루시가 선물한 바틱을 입고)

파견 기간 인도네시아 선생님들과 똑같은 복장을 할 수는 없었다.
한국에서 미리 복장에 대한 정보가 없어 옷을 충분히 준비 못 했기
때문이다. 그러나 그들과 비슷한 스타일의 옷을 입으려고 노력했다.
낯선 외국인이 아닌 그들의 문화와 생활 방식에 가까이 다가가기
위해.

월요일에는 준비해 간 생활 한복을 입었다. 상의는 흰색이고 바지

는 청색으로 구성되어 학생들의 교복 색깔과 어울렸다. 화요일에는 학생들의 조끼와 같은 하늘색 셔츠를 주로 입었다. 수요일에는 체크무늬가 있는 재킷을 입었고, 목요일에는 루시에게 선물 받은 바틱을 착용했다. 금요일에는 스카우트 옷이 아닌 자유복을 입어 나만의 개성을 드러냈다.

인도네시아에는 지역마다 민족마다 독특한 전통 의상이 있다. 그러나 바틱은 인도네시아 전역에서 국민의 사랑을 받는다. 요즘에는 생활 한복을 교복으로 채택한 학교가 늘어나고 있다. 디자인을 새롭게 하여 전통 한복의 단점을 개선해서 학생들이 기존의 교복보다 더 자유롭고 편하게 학교에서 생활할 수 있기 때문이다.

인도네시아에서 바틱을 입는 날(Batik day)처럼 우리에게도 한복을 입는 날이 있다. 2021년 3월부터 문화체육관광부는 매월 마지막 수요일을 '한복 입기 좋은 날'로 정했다. 그러나 국민의 참여도는 높지 않다. '한복 입기 좋은 날'이 널리 알려져 그날 한복을 입는 사람이 늘어나기를 바란다. 더불어 전통의 아름다움은 계승하고, 생활에 편리한 한복이 더욱 많이 개발되기를 기대한다. 그러면 가까운 장래에 한복이 유네스코 인류 무형 문화유산으로 등재될 날이 오지 않겠는가.

정답을 찾을 수 없어요

3월 새 학기가 시작되면 교무실엔 분주함이 느껴진다. 선생님들은 각자 자신이 맡은 교과 지도 준비와 업무 계획을 수립한다. 더불어 다른 업무 담당 교사가 제출하라는 각종 통계 및 관련 자료를 정해진 시간 안에 준비하다 보면 "아니, 벌써 시간이 이렇게 흘렀다고, 수업하고 업무 처리하다 보니 퇴근 시간이 된 것도 몰랐네"라고 내뱉으며 하루의 피곤함을 에둘러 말한다.

학기 초 담임 교사는 올라운드 플레이어 역할을 해야 한다. 운동 경기에서 어느 위치에서도 능숙하게 활약하며 경기의 흐름을 이끌어 가는 선수처럼. 학급 경영자로, 교과 담당 교사로, 학생과 학부모 상담 교사로, 생활 지도 교사로, 행정 업무 담당 교사로 등 다양한 역할을 해야 하기 때문이다. 3월 한 달이 지나면 선생님들은

"아! 이제 숨 좀 돌릴 수 있겠군" 하며 학교생활에서 커피 향을 음미할 시간적 여유를 갖는다. 이 시기가 지나면 학교는 가르치고 배우는 기본적인 임무에 집중한다. 그러나 시간이 '째깍째깍' 흘러 시험 날짜가 다가오면 학교의 분위기는 일순간에 달라진다.

중간고사 일정이 발표되면 모두가 바짝 긴장한다. 회의 시간에 평가 담당 교사가 출제 시 유의 사항을 말한다. 주의 사항 하나하나가 무거운 돌덩이를 안은 것처럼 가슴을 짓누른다. 교사는 출제 원안을 만들기 위해 교과협의회를 열고 문항 제작에 들어간다. 교과별 평가 규정과 성취 기준을 참고하면서. 교무실 선생님들은 온종일 모니터를 뚫어지게 쳐다보고 있다. 대화가 끊긴 교무실에서 '타닥타닥' 자판 두드리는 소리만이 사람이 존재한다는 사실을 알려준다. 학생들은 시험 문제에 관해 힌트를 하나라도 더 얻으려고 애교를 부린다. 시험에 대한 중압감으로 스트레스를 받기 시작한다. 수업 시간에 조는 아이들도 부쩍 늘어난다. 밤늦은 시간까지 학원에서 시험 대비 공부를 했기 때문이다.

파견 근무 4주째 월요일이었다. 시험 날이었지만, 중간고사 기간이 되었다는 것을 느끼지 못했다. 한국처럼 선생님들이 출제 준비하는 모습을 보지 못했고, 학생들도 긴장하는 모습을 볼 수 없었기 때문이다. 한국에서는 같은 지역 학교가 평가 일정을 맞추는 것과 달리, 중간고사 날짜는 학교마다 다르다. 동료 파견 교사에 따르면 고등학교는 10월 초에 시험을 치른다고 한다. 사베리우스 마리아 중학교가 다른 학교보다 시험 일자가 조금 빠르다.

시험과목은 총 10개 교과다. 생물, 윤리, 물리, 사회, 종교, 인도네시아어, 예술과 문화, 영어, 수학, 체육. 시험일은 월요일부터 금요일까지다. 매일 2과목씩 치르며 별도의 시간표로 운영된다. 1교시는 07:00부터 09:00까지 120분 동안이다. 이후 쉬는 시간 30분이 주어진다. 2교시는 09:30분부터 11:00까지 90분이다. 시험이 끝나면 학생들은 모두 하교한다.

시험 감독 시간표가 발표되었다. 한 교실에서 두 분의 선생님이 감독한다. 나에게도 매일 1시간씩 배정되었다. 학년을 모두 합치면 16학급인데 시험 감독은 14개 학급으로 표시돼 있다. '왜 그러지?' 하는 의문이 들어 알버트에게 묻자, "학년을 통합하여 시험을 치른다"고 알려주었다.

1교시는 생물 시험이다. 체육 교사 크리스티안토가 나의 파트너다. 시작종이 울리기 전에 그와 함께 1층 행정실로 갔다. 두 분의 교감 선생님과 행정 직원이 근무하는 곳이다. 시험지, 응시자 명부, 교실 열쇠가 책상 위에 고사장별로 가지런히 놓여 있다. 크리스티안토가 시험에 필요한 준비물을 받았다. 시험지는 A4용지를 넣을 수 있는 봉투에 들어 있다. 교실 열쇠에는 스테이플러가 매달려 있다. 함께 고사실로 향했다. 교실 앞 복도에는 학생들이 책을 보며 대기하고 있다. 그가 잠겨있는 교실 문을 열자, 학생들이 인사하며 교실로 들어가 정해진 자리에 앉는다. 한국에서 수능시험을 보듯 책상 오른쪽 위에 학생 이름이 붙어 있다. 한국에서 중요한 시험을 보면 수험 번호와 이름이 부착된 것처럼. 학생들은 개인별로 수험표를 가지고 있다. 사진은 붙어 있지 않지만, 시험 일정과 고사실이 안내되어 있다.

내가 들어간 교실은 7학년과 8학년이 혼합되어 1열은 7학년, 2열은 8학년으로 순서에 의해 교차로 앉아 있다. 그와 함께 시험지와 답안지를 나누어 주었다. 다른 학년과 답안지가 섞이는 것을 방지하려는 의도로 답안지 색깔이 다르다. 7학년은 분홍색, 8학년은 노란색. 감독 교사가 학생 개개인의 답안지에 서명했다. 응시자 명부에 학생들로부터 사인도 받았다. 행정실 직원이 교실을 순회하며 시험을 총괄하는 양식에 감독 교사의 서명을 받았다. 시험지와 답안지가 정확히 배부된 것을 확인한 후 교실 뒤로 갔다. 학생들은 고개를 숙이고 풀이를 시작한다. 문항 수가 궁금해, 학생의 시험지를 흘낏 쳐다보았다. '뭐지?' 하는 생각에, 다시 자세히 보았다. '맙소사, 정답을 고를 수가 없다.' 선다형 시험지에서 볼 수 있는 선택지 ①, ②, ③, ④, ⑤가 보이지 않는다. 모두가 서답형 문제다. 시험 시간표를 보았을 때 '왜, 두 시간 동안이나 시험을 보지?' 하고 생각한 궁금증이 풀리는 순간이었다.

나는 강한 펀치를 맞은 듯 어지러웠다. 학생들이 사용하는 필기도구와 답안지가 맞닿아 만든 '사각사각' 소리가 나의 혼돈 상태를 진정시켰다. 나의 충격을 아는지 모르는지, 학생들은 답안지를 메워 나간다. 노란색과 분홍색 종이를 검은색 실선이 나누어 놓은 종이 위에 자신이 알고 있는 지식을 한껏 끌어모아서. 답안을 작성할 공간이 부족한지 일부 학생은 답안지를 더 요구했다. 고사장 열쇠고리에 달린 스테이플러의 용도를 알 수 있었다. 답안지를 1매 이상 작성한 학생의 답지를 묶기 위한 것이었다. 답안지를 채우면서 학생들은 수정을 많이 했다. 한국처럼 선생님의 확인을 받지 않고 수정테이프를 사용하여 고쳤다. 부정행위 낌새를 보이는 학생은 없었다. 아니 할 수가 없었다. 모든 문제가 서답형인데 어떻게 부정행위가 가능하겠는가? 한국처럼 담당 과목 선생님들이 교실을 돌아다니며 학생들의 질문을 받거나 문항의 오류를 수정하지는 않았다. 필요하면 교내 방송을 하였다.

답안을 수정하고, 머리를 감싸고, 눈을 지그시 감고 생각하는 학생들의 모습에서 긴장감이 느껴진다. 부정행위를 방지하기 위한 감독 교사의 엄숙함과 감시하는 눈초리는 없다. 단지 교단 중앙에 마련된 의자에 앉아서 학생들이 시험 치르는 것을 살펴본다. 감독이 아니라 학생들이 편안하게 시험을 볼 수 있도록 돕는 조력자 역할을 하듯. 궁금한 것이 있는 학생은 손을 들거나 교사에게 다가가 질문을 한다. 시간이 한 시간쯤 흐르자, 답안작성을 끝낸 학생이 나타나기 시작했다. 시험 종료 20분을 남기고 거의 모든 학생이 시험을 마쳤다. 비록 몇몇 학생들은 답지를 다 채우지 못했지만, 서답형 문제에 익숙한지 일찍 포기하고 엎어져 있는 학생은 한 명도 보이지 않았다.

체육 선생님이 학생들에게 시간이 더 필요한지 확인한 후 답안지
와 시험지를 거두었다. 시험지와 답안지를 확인 후 감독 교사는 학
생들을 교실 밖으로 보낸다. 학생들은 쉬는 시간에 다음 시험 준비
를 하거나 간식을 먹는다. 다음 시간 감독 교사가 교실을 개방할
때까지 들어갈 수 없다. '부정행위를 방지하기 위한 것 같다'라는
생각을 떨칠 수 없다.

시험 휴식 시간

인도네시아 교실에서 시험지를 보고 받았던 충격은 아직도 잊히지 않는다. 문제지에서 '정답을 찾는 것이 아닌 자신만의 정답을 만들어 간다'라는 사실에, 중학교에 갓 입학한 7학년 학생들도 서답형 문항에 대한 거부감을 보이지 않는다는 사실에.

한국의 중등학교 시험은 어떤가? 선다형이 주를 이룬다. 선다형 문항은 단순 지식을 평가할 때는 유용하나 모르는 문항에 대해 찍기라는 요행을 얻을 수 있다. 이러한 문제점을 보완하기 위해 서답형 문항을 20% 이상 출제한다. 또 수행 평가 반영 비율을 학업성적관리규정에 정해놓고 있다. 한국과 인도네시아 시험 방식 중 어떤 것이 더 교육적인 효과가 높을까? 선다형과 서답형 평가 방법 모두 장단점을 지니고 있다. 양국의 교육 제도, 교육 과정, 교육 환경 등이 다르므로 우열을 가리기는 쉽지 않다.

인공 지능이 우리 일상생활 깊숙한 곳까지 자리를 잡아 가고 있다. 인간만이 할 수 있다고 여겨졌던 예술, 창작 등의 고유 영역까지. 대화형 인공 지능 서비스의 보급으로 우리는 필요한 정보와 자료를 더 쉽게 얻을 수 있게 되었다. 과거처럼 책을 통해 정보를 찾고, 인터넷에서 검색하지 않아도 된다. 단순히 암기한 지식보다는 논리적이고 합리적인 질문을 만들고, 얻은 정보를 올바르게 판단하는 능력이 더욱 요구된다. 이러한 시대에 요구되는 평가 방법은 무엇일까? 학생들의 사고력과 논리력을 신장시킬 수 있는 평가 방법일 것이다.

LEMBAR JAWABAN SISWA

Mata Pelajaran : Agama		Nama : Felicia Kwok			Kls 9B
Hari / Tanggal : Selasa - 17 - 9 - 2019		No. Ulangan :	01	187	088	3
Guru Mapel : Lona Laura.		Nilai Ulangan :			

JAWABAN ESSAI

1. arti agama :
   § ajaran, sesuatu yang mengatur iman, kepercayaan, peribadatan kepada Allah yang maha kuasa
   arti iman :
   Penyerahan diri secara total kepada Tuhan

   arti beragama dan beriman sebagai bentuk tanggapan atas karya keselamatan Allah adalah sebagai balasan manusia atas segala kebaikan yang diterima, baik menerima rezeki, kesehatan serta kehidupan yang diterima.

2. 1. Abraham dipilih Tuhan
   2. Abraham diberi keturunan
   3. Yusuf menyelamatkan umat israel dengan cara tinggal di mesir
   4. Allah mengutus musa untuk menyelamatkan umat israel dari mesir
   5. Mengutus Yesus untuk menyelamatkan umat manusia dengan wafat disalib.

3. 1. Jemaat : sekumpulan umat yang beragama
   2. tradisi : ajaran yang diteruskan secara turun temurun mengandung 3 bidang ; ajaran keselamatan, ajaran moral dan ajaran ibadat.
   3. Tempat ibadah : Tempat yang dikhususkan untuk pertemuan dengan Tuhan
   4. ibadat : kegiatan manusia dalam mengambil bagian dalam memuji Tuhan
   5. petugas ibadat : pelayanan dalam memuji Tuhan.

4. 1. Keselamatan bersumber dari barang duniawi :
   § sebagian orang menganggap bahwa barang-barang duniawi seperti rokok, narkoba, alkohol, senjata, uang, obat-obatan, dapat memberikan keselamatan jiwa padahal sesungguhnya keselamatan hanya berasal dari Tuhan
   2. Keselamatan bersumber dari kekuatan gaib :
   § sebagian orang menganggap bahwa barang-barang gaib dapat mengabulkan permintaan bahkan menyelamatkan jiwa seseorang
   3. Teknologi sebagai sumber keselamatan :
   § sebagian orang menganggap bahwa dengan menggunakan alat komunikasi (handphone) dapat menyelamatkan jiwa seseorang bahkan meninggalkan Tuhan

5. 1) menemukan jawaban.
   § memberikan penjelasan kepada manusia tentang Allah dan alam semesta.
   2) mencari perlindungan
   § manusia sering berada di masa sulit oleh karena itu manusia memerlukan harapan dan adanya pertolongan.
   3) menegakkan tatanilai
   § mengajarkan manusia agar memiliki nilai - nilai kehidupan yang baik di hidupnya
   4) memuaskan kerinduan akan masa depan yang lebih baik
   § berharap bahwa akan ada keselamatan dimasa yang akan datang

교정에 울려 퍼지는 K-POP

"한국에서 방탄소년단 공연 봤어요? 방탄소년단 ○○○본 적 있나요?" 현지 생활 첫 주, 나를 소개하는 시간에 학생들이 자주 한 질문이다. 학생들에게 위와 같은 질문을 받기 전에는 K-POP의 인기를 실감하지 못했다. 방송에서 'K-POP 무대가 전 세계로 넓어지고 있다'라는 기사를 접해도 '그래, 그런가 보다' 하고 관심을 두지 않았다. MZ세대 음악보다는 7080 멜로디가 내 마음에 깊은 감흥을 주고 잔잔한 여운을 남기기 때문에, 때론 내 몸 어딘가에 구겨 넣어져 있던 나의 젊은 시절의 기억을 찾아 슬쩍 끄집어내주기 때문에.

인도네시아에서 K-POP의 리듬은 학생뿐만 아니라 선생님의 가슴에서도 춤추고 있었다. 그 선생님은 바로 라우나 선생님이다. 그녀는 20대 후반으로 종교 과목을 가르친다. 그녀는 트와이스의 '광팬'이다. 그녀의 책상 유리 밑에는 그룹 구성원의 사진이 빈틈없이 빼곡하게 놓여 있다. 그녀는 "트와이스 노래를 듣고, 흥얼대다 보면 기분이 좋아진다"라고 말했다.

인도네시아에서 지내는 동안 두 번의 학생 경연 대회를 보았다. 첫 번째 대회는 9월 첫 주 일요일이었다. 사베리우스 재단 소속 중학생들의 경연 대회가 있는 날이었다. 대회는 사베리우스 인문계 1번 고등학교(SMA Xaverius 1 Palembang)에서 열렸다. 금요일 오후에 학생들과 선생님들이 응원을 요청해서 참석했다. 나 역시 경연 대회가 어떻게 진행되는지 궁금했다. 대회장에 도착하니 경연 대회에 참석한 학생과 지도 교사 선생님들이 연습하고 있었다. 경연 대회 종목은 성경 낭송, 성경 퀴즈, 성경 그림 그리기, 복음송 부르기, 독창, 합창이었다. 독창과 합창은 건물 중앙 홀에 마련된 무대에서 하고, 나머지 종목은 지정된 교실에서 한다. 학생들은 지정된 대기실에서 연습하다 자신의 순서가 되면 무대에서 공연했다.

경연 대회 시작까지 시간적 여유가 있어 학교 시설을 둘러봤다. 교실을 기웃거리다 교무실을 발견하고 문 앞에서 들여다보았다. 사베리우스 마리아 중학교의 모습과 비슷하다. 단지 크기가 교실 두 칸 정도만큼 크다. 일부 책상 위에는 책이 가득 쌓여있다. '인문계 고등학교이니 선생님들이 수업 준비를 열심히 한다'라는 생각이 들었다. 경연 종목 성경 낭송 표지판을 보고 호기심이 발동하여 들어

가려는데 진행 보조 학생이 "대회에 참가한 학생 외에는 들어갈 수 없다"라고 한다. 옆에 있는 대기실을 살펴보니 학생들이 성경책을 펼쳐 놓고 성경 구절을 암송하고 있었다.

그때까지 본 인도네시아 학교의 운동장은 한국과 비교해서 대체로 작았다. 이 학교는 어떨지 궁금해 운동장을 찾아 이곳저곳을 기웃거렸지만 찾을 수 없었다. 그러다 복도 벽에서 그림 한 점을 발견했다. 학교 전경을 스케치한 것으로 커다란 운동장이 있다. 그림 속의 운동장을 찾아 술래가 되었다. 여기저기를 헤맨 후 드디어 운동장을 발견했다. 깜짝 놀랐다. 인도네시아 학교에도 이렇게 넓은 운동장이 있다니. 축구장 넓이의 큼직한 운동장에 축구 골대가 세워져 있고 천연 잔디가 깔려있다. 다른 편에는 배구 코트 1면과 배드민턴 코트 1면이 보인다. 그 옆에는 널찍한 오토바이 주차장이 있다. 휴일이어서 텅 비었지만, 족히 농구 코트 한 면은 될 정도다.

중앙 홀에서 합창 경연이 시작되었다. 학생들이 가장 많은 관심을 가진 종목이다. 경연 대회를 마친 학생들이 모여들기 시작하자 어느덧 빈 의자가 보이지 않는다. 학교별로 멋진 의상을 차려입은 학생들이 무대에 등장한다. 지휘자의 지휘에 맞춰 아름다운 멜로디가 넘실넘실 춤을 추며 관객의 귓속으로 빨려 들어간다. 노래 가사는 이해할 수 없지만, 아름다운 화음이 더운 열기를 식힐 수 있을 만큼 청량제로 느껴졌다. 우리 아이들의 순서가 되었다. 황토색 바탕에 노란색 꽃무늬가 그려진 바틱 치마에 검은색 셔츠를 입고 입장했다. 목에는 조개로 만든 목걸이를 걸고 있다. 경연 대회를 마친 학생들과 함께 환호성을 지르며 박수를 보냈다.

모든 경연이 끝나고, 대기실에서 결과 발표 시간을 기다렸다. 지도 교사인 라우나 선생님에게 물었다.

"대표 선발은 어떻게 했나요?"

"희망하는 학생을 대상으로 선정합니다. 스스로 하고자 하는 학생을 선발하니 선생님들이 특별히 지도하지 않아도 방과 후에 연습도 열심히 합니다."

합창 대회

학생들이 친구들과 수다를 떨고 있다. 흥에 들뜬 9학년 여학생들이 핸드폰을 켜고 노래를 부르기 시작한다. '저 노래 반주 들은 적이 있는데' 하는 순간 익숙한 언어가 음악과 함께 교실 안에 흥겹게 날아다닌다. 내 귓전을 두드린 것은 바로 K-POP이었다. 종교와 관련된 대회에서 한국 유행가를 들을 줄은 생각지도 못했다. 그것도 인도네시아 학생들의 입을 통해서. 아이들은 평소에 즐겨 부르는 듯 흥겹게 노래하고 몸을 들썩였다. 쉬는 시간에 교실 모니터를 켜놓고 음악에 맞춰 춤을 연습하는 한국 교실 모습을 보는 것 같았다. 이곳에서도 중학생들의 발랄함과 재치 넘치는 끼는 인솔 교사 선생님과 나의 얼굴에서 웃음을 떠나지 못하게 했다.

드디어 결과 발표 시간이 되었다. 사베리우스 마리아 중학교에서 참가한 학생들이 모두 상을 받았다. 마지막으로 모두가 기다린 합창 결과 발표 순서가 되었다. 학생들의 긴장하는 모습이 느껴졌다. 양손을 꼭 모으고 기도하는 아이, 친구와 손을 맞잡고 무대를 가만히 응시하는 아이, 얼굴을 감싸고 생각에 잠기는 아이, 제각각 모습은 다르지만, 간절히 한 가지 소망을 기원하는 심정으로 마음을 졸이고 있었다. 아이들의 가슴에서 '두근두근' 울리는 심장 소리가 나에게까지 전달되었다. 사회자의 뜸 들인 입에서 "합창 1등은 사베리우스 마리아 중학교입니다"가 뚫고 나오자, 학생들이 기쁨을 감추지 못하고 서로 안으며 환호성을 질렀다. 아이들의 즐거운 함성과 웃음소리가 하늘로 높이 솟아 퍼졌다. 사방이 막힌 중앙 홀에서 나아갈 길을 찾지 못하다 마침내 제 길을 찾은 것처럼 느껴졌다.

시상 시간이 되었다. 상장과 메달 수여는 고등학교 학생 대표들과 심사를 한 선생님들이 했다. 모든 행사가 끝나고 학생들이 귀가하는데 대회를 주관한 선생님과 학생들이 교문 양쪽에 서 있었다. 집으로 돌아가는 학생들과 지도 교사 선생님들에 감사의 인사를 전하면서.

또 다른 경연 대회는 10월 첫 주 일요일이었다. 초등학교 학생들을 대상으로 한 대회였다. 일요일이어서 출근을 안 해도 되지만, 행사를 주관한 라우나 선생님이 심사위원으로 참석해 달라고 요청했다. 주말에 발리 여행 일정을 빨리 마치고, 전날 저녁 늦은 시간에 팔렘방에 도착했다. 경연 대회 종목은 독창, 댄스, 그림 그리기, e-스포츠, 패션쇼, 체스 등 총 19개 분야다. 대회는 지정된 교실에서 열리지만, 모두의 관심을 반영하듯 댄스와 패션쇼는 운동장 한편에 설치된 중앙무대에서 한다. 학생들이 경연 대회 사회 및 운영을 담당하고 선생님들은 심사와 진행에 도움을 준다. 운동장 한편에는 음식 부스가 마련되어 학부모와 동아리 학생들이 간식과 부서에서 만든 기념품을 판매한다.

댄스 경연 대회 시간이 되었다. 학생들이 하나둘씩 모여들기 시작한다. 어느덧 준비된 의자가 부족하다. 저학년과 고학년 두 그룹으로 구분해 경쟁했다. 저학년의 춤은 관객들의 얼굴에서 미소가 샘물처럼 끊임없이 샘솟게 했고, 고학년의 춤 실력은 관객들이 두 손을 모아 힘껏 손뼉을 치게 했다. 학교를 대표해 오랫동안 연습했을 걸 생각하니 대견하고 더욱 멋져 보였다.

공연 중간에 중학교 학생들의 특별 공연이 있었다. 초등학생보다 절도 있고, 힘이 넘치는 동작으로 멋진 춤을 선보인다. 마치 한국 아이돌 그룹의 무대를 보는 것 같았다. 그들과 비슷한 의상을 입고 한국 음악에 맞춰 몸을 신나게 움직이고 있다.

이날 행사의 하이라이트는 패션쇼였다. 나는 미스 팔렘방, 마리아 선생님과 함께 심사위원으로 위촉되었다. 빈 교실에서 심사 항목에 대해 논의를 마친 후 심사석에 앉았다. 사회자가 패션쇼를 시작한다고 알린 후 배경 음악이 스피커를 통해 흘러나온다. 어김없이 K-POP 멜로디가 심사위원석에 앉아 있는 나의 귓전에 밀려 들어온다. 학교별로 주제에 맞는 의상과 액세서리를 착용하고 한 팀씩 런웨이에 등장한다. 모델처럼 먼 곳을 응시하면서 머리를 들고 기품 있게 걷는다. 의상과 어울리는 자세를 취하면서 걷는 모습이 앙증맞고 귀엽다. 일부 학생들은 심사위원에게 자신의 매력을 보이려고 심사위원석 바로 앞으로 걸어와 다양한 자세를 취한다.

모든 행사가 끝나고 시상식이 개최되었다. 수상한 학생들에게 상장과 트로피를 수여하며 함께 기념사진을 찍었다. 학생들과 함께 무대를 정리하고 하루 행사를 마무리했다.

숲속에서 숲의 크기를 가늠할 수 있을까? 아니다. 밖에서 바라봐야 정확히 알 수 있다. 파견 근무 기간에 국내에서는 미처 몰랐던 사실을 알게 되었다. 한국 문화가 인도네시아인들의 생활 속에 이미 자리 잡아 뿌리를 단단히 내리고 있음을. K-POP뿐만이 아니다.

한국어, 한국 드라마, 음식, 화장품, 애니메이션 등 다양하다. 한국 문화를 배우려는 학생들을 보면서 한편으로는 책임감을 느꼈다. 수업을 어떤 방식으로 이끌어 갈지도 고민하게 되었다. 두 번의 경연 대회에서 울려 퍼진 K-POP은 '문화 비교 수업 시간에 다양한 한국 문화를 소개하고, 학생들이 자국 문화의 소중함을 깨닫고 계승하도록 수업을 설계해야지'라고 다짐하는 계기가 되었다.

패션쇼

part 4

한국을 사랑하나요?

한국과 인도네시아 바르게 알기

　인도네시아 학생들의 한국에 관한 관심은 매우 높다. 그러나 높은 관심만큼 한국의 역사, 사회, 문화, 지리적인 특징은 알지 못한다. 학교 교육 과정에서 주요 선진국만큼 중요하게 다루는 나라가 아니기 때문이라고 생각한다. 파견 첫 주에 이 선생님과 나는 교실에서 학생들에게 우리를 소개했다. 협력 교사 알버트의 도움을 받아 우리 소개를 마치자, 학생들은 한국에 대해 다양한 질문을 했다. 학생들이 원어민 교사인 우리의 입을 통해 가장 알고자 하는 것은, 바로 한국 학생들의 학교생활이었다.

　인도네시아에서 한국에 관한 정보를 구할 수 있는 곳은 많다. 정보의 바다라는 인터넷, 한국 드라마, 웹툰, 영화…… 그러나 잘못된 정보를 여과 없이 받아들이면 한국에 대한 왜곡된 이미지를 가질 수 있다. 따라서 우리는 학생들에게 올바른 정보를 제공해 줄 필요를 느꼈다. 더불어 호기심이 넘쳐나는 청소년기 학생들에게 타문화에 대한 갈증을 삭여주고자 했다. 우리는 학생들에게 지도할 주제를 함께 선정했다. 이 선생님은 '한국어 익히기', '한국과 인도네시아 비교하기', '한국 전통문화 이해하기'를 지도하기로 했다. 방과후 한국어 클럽 학생들도 가르치기로 했다. 나는 '한글로 자기소개하기', '한국 전통 민요 배우기', '멸종 위기 동식물', '유네스코 세계 문화유산'을 가르치기로 했다. 한국어 수업은 다른 주제에 비해 시간을 많이 배정했다. 학생들이 한국어를 배우려는 열의가 높았기 때문이다.

수업은 블록 타임으로 80분간 진행했다. 첫 시간 40분은 이 선생님이, 둘째 시간 40분은 내가 맡아서 지도하기로 했다. 한 선생님이 수업을 진행한다는 것이 다른 분은 휴식을 취하는 것을 의미하지는 않는다. 한 사람이 주도적으로 수업을 운영하고, 다른 사람은 보조교사 역할을 했다. 수업 준비물을 배부하고, 게임 운영을 돕고, 학생들의 활동을 도와주었다. 학생들이 영어로 진행된 수업 내용을 이해하지 못해 흥미를 잃지 않도록 우리는 한 팀이 되어 공동 수업을 했다. 수업 참관 기간에 수업 준비를 위해 PPT를 만들고 고치기를 반복했다. 협력 교사의 도움을 받아 지시문에 해당하는 인도네시아어를 PPT에 넣었다. 영어에 익숙하지 않은 학생들을 조금이라도 도와주고, 적극적인 참여를 이끌기 위해서였다. 인도네시아 선생님들의 수업 참관이 끝나고, 우리가 직접 학생들을 지도하는 날이 되었다.

첫 수업은 이 선생님이 담당했다. 수업 주제는 '한국과 인도네시아 비교하기'이다. 그는 학습 목표를 달성하기 위해 3단계로 수업을 설계해서 운영했다.

첫째 단계는 ○, × 퀴즈 풀이다. 그는 문제 풀이를 다음과 같이 진행했다. 학생들에게 게임용 ○, × 판을 나누어 주었다. PPT 자료를 이용해서 화면에 한국과 관련된 문장을 보여주었다. 잠시 생각할 시간을 준 후에 학생 모두에게 ○ 혹은 × 판을 들게 했다. 정답을 알려주고 나서 그 문장에 대한 설명을 덧붙였다. 이 단계에서 학생들은 한국의 태극기 모양, 국가(國歌), 지리적 위치, 계절, 종교, 교복 등에 대해 알게 되었다. 인도네시아 학생들은 학교 급식실에서 한국 학생들이 점심 먹는 모습을 가장 부러워했다. 인도네시아에서는 학생들이 도시락을 가져와 교실이나 매점에서 먹기 때문이다. 일부 학생들은 장난기가 가득한 목소리로 한국에서 학교 다니고 싶다고 소리치기도 했다. 한국학교에서 점심 식사 문화를 체험하길 원했기에.

둘째 단계에서는 모둠 활동을 했다. 4명이 한 모둠을 이루어 모둠별 퀴즈 시합을 했다. 준비된 8개 문항을 모둠원과 토의하여 답을 보드에 쓰도록 했다. 학생들의 참여를 이끌기 위해 모둠별로 맞은 점수를 계산하여 우승한 팀에게는 조그만 선물을 주었다. 모둠별 퀴즈 시합을 통해서 학생들은 한국의 인구, 한국 학생들이 선호하는 직업, 한국의 국화(國花), 한국의 세계 문화유산, 새해 풍습, 독립 기념일, 국경일에 대해 알게 되었다.

마지막 단계는 그날 배운 내용을 정리하는 것이다. 퀴즈 풀이를 통해 익힌 한국과 인도네시아의 공통점과 차이점을 '벤 다이어그램'에 함께 채우면서 양국에 대한 이해력을 높였다. 40분이라는 시간은 짧은 시간이다. 특히 상대방이 체험하지 않은 나라를 소개하기에는 더욱더 그러하다. 그러나 '퀴즈를 수단으로 하는 한국 소개는 40분이 절대 짧지 않다'라는 느낌이 들게 했다. 교사의 일방적인 강의였다면 학생들이 지루해했을 것이다. 하지만 학생들은 퀴즈를 통한 학습을 게임으로 즐겁게 받아들였다. 퀴즈 풀이라는 놀이와 선생님의 부연 설명을 통해 흥미를 갖고 한국과 인도네시아를 비교하면서 알아가는 시간을 가졌다. 정치, 경제, 사회, 문화의 모든 부분을 아우르면서.

한국과 인도네시아 비교 수업

멸종 위기 동식물을 찾아라

매머드, 검치호랑이, 태즈메이니아호랑이, 여행비둘기, 양쯔강돌고 래, 황금두꺼비.

위에 나열된 것은 모두 동물의 이름이다. 개별 동물의 모습이 눈 앞에 그려지는가? 정확히는 아닐지라도 이름에 붙은 호랑이, 비둘 기, 돌고래, 두꺼비를 통해 대략적인 형태를 짐작할 수 있다. 그러 나 살아있는 동물은 보지 못했을 것이다. 백과사전이나 동물도감에 서 보는 것을 제외하고는. 이유가 무엇일까? 모두 지구상에서 오래 전에 혹은 최근에 멸종했기 때문이다.

매머드와 검치호랑이는 약 1만 년 전에 지구상에서 사라졌다. 나 머지 동물들은 20세기에 접어들면서 사라지기 시작했다. 태즈메이니아호랑이는 코알라와 함께 호주를 상징하는 대표적인 동물이었다. 하지만 1936년 멸종했다. 여행비둘기는 불과 200년 전만 해도 북미에서 흔한 종이었으나 사냥감으로 희생되면서 1910년에 지구상에서 모두 사라졌다. 황금두꺼비는 중앙아메리카에 있는 코스타리카의 고유종이었지만, 지구온난화의 영향으로 1930년대에 지구상에서 완전히 사라졌다.

황금두꺼비는 우리나라에도 서식했다. 하지만 1989년 이후 발견되지 않았는데, 2016년 청양군에서 발견되었다고 보도되었다. 그러나 전문가의 감정 결과, 강원도 등지에서 발견할 수 있는 물두꺼비라고 결론지어졌다. 황금색을 군의 마케팅으로 이용하고자 하는 청양군의 무리한 홍보 때문이었다.

양쯔강돌고래는 1950년대까지 중국 양쯔강에 수천 마리가 서식했다. 그러나 중국의 산업화로 인한 수질 오염, 무분별한 남획, 댐 건설 등으로 2007년 '기능적 멸종'이 선언됐다. 기능적 멸종이란 극소수의 개체가 지구상에 존재할 수 있지만, 생태계에서 자연 번식이 불가능해져 스스로 생존할 수 있는 능력을 상실한 종을 의미한다.

학자들에 의하면 지구상에는 약 1,500만 종 이상의 생물이 산다고 한다. 그중에서 인류에게 알려진 것은 170만 종에 불과하다. 인류가 미처 파악하지 못한 많은 생물이 지구상에 존재하고 있다. 특히 열대 우림 지역에 알려지지 않은 생물이 많이 있다. 한편, 인류로 인해 다양한 생물이 멸종했거나 멸종 위기에 처했다. 과학자들은 이미 멸종한 동물의 DNA를 검출하여 복원하려고 노력하고 있지만 쉽지 않은 일이다.

'멸종 위기 동식물'이라는 수업 주제를 선택한 이유는 두 가지다. 하나는 학생들에게 인도네시아와 한국에서 멸종 위기에 처한 동식물을 알리기 위함이다. 또 다른 이유는 멸종 위기 동식물을 보호하기 위해 개개인의 역할을 이해시키기 위해서다. 한국에서 수업을 구상할 때는 모둠별 토의와 포스터 제작 활동을 포함하여 45분, 2차시 분량으로 계획했다. 그러나 수업 시간이 40분이며 1차시로 모든 활동을 끝내야 하고, 영어에 익숙하지 않은 학생들의 참여율을 높이기 위해 보드를 활용한 모둠별 퀴즈대회로 수업 모형을 변경했다.

수업은 동기 유발, 학습 목표 제시, 수업 절차 안내, 어휘 학습, 멸종 위기 동식물에 관한 퀴즈, 멸종 위기 동식물 보호 방법, 멸종 위기 동식물 보호 홍보 포스터 그리기, 정리의 순서로 진행했다. 단계별 자세한 내용은 다음과 같다.

첫째 단계는 동기 유발이다. 학생들에게 두 가지 자료를 제시했다. 학생들의 관심을 끌고, 학생들이 스스로 학습 주제를 추측할 수 있게 하려 했다. 유튜브에서 검색하여 멸종 위기 동물이 사냥꾼에게 살해되고 거래되는 동영상을 보여주었다. 동영상 내용은 다음과 같다.

초원에서 멸종 위기 동물(코뿔소, 호랑이, 코끼리)이 사냥꾼에 의해 살해된다. 돈을 벌기 위한 목적으로 사냥당한 동물들이 전 세계에서 거래되며 다음 문구가 화면에 나온다.

"매년 최대 5만 마리의 코끼리가 살해된다. 야생에는 3천 마리의 호랑이만 생존해 있다. 매일 3마리의 코뿔소가 살해된다."

화면이 다시 한번 반복된다. 이번에는 야생 동물을 사냥하여 밀반입 한 사람들이 경찰에 체포된다. 긴장감을 주던 배경 음악이 희망에 찬 음악으로 바뀌며 동물들이 초원에서 평화롭게 지낸다. 화면에 "멸종 위기종을 보호하기 위해 우리는 해야 할 역할을 가지고 있다"라는 문구가 나오며 끝난다.

한국과 인도네시아에서 발행된 8종의 우표를 학생들에게 보여주고, 공통점을 찾게 했다. 학생들은 모둠별로 토의를 한 후, 자신들이 생각한 학습 주제를 발표했다.

둘째 단계는 학습 목표 제시다. 그날 학습 주제를 알려준 후, 학습 목표를 두 가지 제시했다. 하나는 학생들은 멸종 위기종의 개념에 대해 알 수 있다. 다른 하나는 학생들은 멸종 위기종을 보호하는 방법을 알 수 있다.

셋째 단계는 수업 절차 안내다. 학생들이 그날 학습 내용을 어떤 절차에 따라 학습하게 되는지에 대하여 설명했다.

넷째 단계는 어휘 학습이다. 학습에 필요한 핵심 어휘를 제시했다. 학생들의 이해를 돕기 위해 영어와 인도네시아어로 함께 표기했다.

다섯째 단계는 멸종 위기 동식물에 대한 퀴즈 풀이다. 퀴즈 시합을 시작하기 전에 학생들에게 활동 시 유의 사항을 안내했다. 4명을 한 모둠으로 구성하고, 문제는 선다형으로 총 14문항을 준비했다. 전반부는 한국과 인도네시아에서 멸종 위기에 처한 동식물을 찾는 문항이다. 후반부는 동식물이 멸종하게 된 원인과 멸종 위기 동식물을 보호하는 방법에 관한 문제다. 퀴즈 중간에 한국과 인도네시아 양국의 국조(國鳥)를 묻는 문항을 넣었다. 학생들이 인도네시아와 한국을 상징하는 새를 알 수 있게 하기 위해서다.

여섯째 단계는 멸종 위기종을 보호하는 방법에 관한 포스터 그리기다. 개인별로 홍보 포스터를 그리게 했다. 시간이 부족한 학생은 집에서 만들어 다음 날 제출하도록 했다.

일곱째 단계는 정리 및 요약이다. 멸종 위기종의 개념에 대해 복습했다. 모둠별로 토의해서 멸종 위기종을 보호하기 위해 학생들이 실천해야 할 일을 보드에 쓰도록 했다. 모둠별로 발표한 후 PPT를 보며 함께 정리하는 시간을 가졌다.

<실천해야 할 일 발표에서 학생들이 많이 언급한 내용>

- 물건을 재활용하고 재사용한다.
- 비닐과 페트병 사용을 줄인다.
- 대중교통을 이용한다.
- 동식물의 야생 서식지를 보호한다.
- 물 소비를 줄인다.
- 멸종 위기종으로 만든 제품을 사지 않는다.
- 제초제나 살충제를 사용하지 않는다.
- 화석 연료 사용을 줄인다.

멸종 위기종 보호 홍보 포스터

멸종 위기에 처한 동식물에 대한 수업은 나의 기억의 시계를 거
꾸로 돌려놨다. 어린 시절 부모님과 함께 시골 할머니 집에 가는
모습이 떠오른다. 영사기에 돌아가는 필름이 스크린에 비추듯이 선

명하다. 두 명의 남자 어린이가 아빠 손을 잡고 걸어가고 있다. 두세 걸음 뒤에는 엄마가 등에 아기를 업고 있다. 아기는 엄마 등에서 새근새근 잠들어 있다. 길바닥에 자갈이 널려 있고, 도로 양옆에는 나무가 줄을 서 있다. 가족 모두가 뜨거운 태양으로부터 잠깐이라도 무더위를 피할 수 있을 만큼 커다란 그림자를 드리우며. 걷기에 지친 아이들이 길바닥에 있는 작은 돌멩이를 '슛' 소리치며 찬다. 돌멩이가 논바닥으로 날아간다. 오르막길이 나오자 아이들이 '헉헉'댄다. 아빠가 아이들의 힘을 돋우기 위해 말한다.

"조금만 올라가면 아빠가 곤충 잡아 줄게."

"무슨 곤충?"

"소똥구리, 풍뎅이 잡아서 데리고 놀자!"

아이들은 힘을 내서 오르막길을 앞장서 걷는다. 아빠와 함께 풍뎅이를 잡은 아이들은 눈앞에 가까이 보이는 할머니 집을 향해 달린다. 조금 전 힘든 모습은 어디론가 사라지고, 다리가 보이지 않을 정도로 빠르다. 게다가 "와, 풍뎅이 잡았다"라고 신나게 함성까지 지른다.

양쯔강돌고래에 관한 이야기로 다시 돌아가자. 양쯔강돌고래는 얼마 전 인기 드라마 <이상한 변호사 우영우>에도 언급됐다. 주인공 우영우는 자폐 스펙트럼을 가진 천재 변호사다. 그녀는 의뢰받은 사건을 새로운 시각으로 대하며 자신만의 방식으로 해결한다. 우영우는 고래 마니아다. 그녀는 고래처럼 넓은 바다에서 헤엄치기를 원한다. 편견으로 가득한 세상에서 벗어나 자유롭게. 우영우는 인권 변호사 류재숙을 양쯔강돌고래에 비유하면서 다음과 같이 말했다.

"돌고래는 주로 바다에 살지만, 강물에도 적응해 사는 개체군이 있는데, 대표적인 것이 양쯔강돌고래야. 중국 양쯔강에 살았는데 멸종이 선언됐어. 나는 멸종되지 않았으면 좋겠어."

드라마에서 우영우는 멸종되지 않기를 바라는 대상을 구체적으로 말하지 않았다. 인권변호사 류재숙 혹은 기능적 멸종이 선언된 양쯔강돌고래일 수도 있다.

나 역시 바란다. 석양의 노을이 세상을 물들이듯, 어린 시절의 추억에 물들게 하는 곤충들이 지구상에서 영원히 멸종하지 않기를.

dangered species

species of wild
al or plant that is
anger of extinction
ghout all or a
ficant portion of
ange

causes

r hunting or overharvesting
bitat loss
h specialization
lution
Invasive species

- Human - wildlife conflict
- Disease
- Low birth rate
- Genetic Vulnerability
- Small Population

how to protect

- Educate your family about endangere species in your area.
- Recycle and buy sustainable products.
- Grow native plants
- Reduce your water consumption
- Reduce your personal footprin
- Do not buy plastic products
- Pressure your civil servants
- Black out the Black

STOP HUNTING ANIM

"Badak"

This is a **rhino**, an endanger
animal in Indo

Help Please

How to protect endangered species

- Protect the animal's natural habitat
- Not do any animal hunting
- Does not pollute the natural habitat of anim

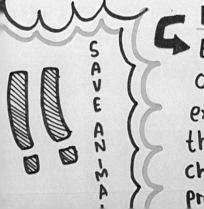

SAVE ANIMA

Endangered species

Endangered species are popula of species that are at risk of extinction due to fewer, also threatened with extinction fro changes in natural conditions predator animals.

한국 전통 놀이를 배우자

본 수업에 들어가기 전에 이 선생님과 나는 기대감보다는 걱정이 앞섰다. 학생들과 우리 사이를 가로막고 있는 벽이 있었기 때문이다. 눈에 보이지는 않지만, 그 벽은 높고 단단해서 누구도 쉽게 무너트릴 수 없는 언어의 장벽이었다. 영어로 말하는 우리의 설명을 학생들이 잘 이해할 수 있을지 걱정되었지만, 우리의 염려는 기우였다. 강의보다는 퀴즈를 이용한 수업 방식과 영어 지시문에 인도네시아어를 함께 사용한 수업 전략이 효과를 발휘했다.

'한국과 인도네시아 비교하기 수업'은 우리가 정한 학습 목표에 충분히 도달했다. 40분의 수업 시간 동안 잠을 자거나 지루해하는 아이가 없었고, 모두 퀴즈 문제를 하나라도 더 맞히려고 노력했다. 학생들은 한국과 인도네시아의 공통점과 차이점을 벤 다이어그램에 올바르게 채워 넣었다.

2차시 수업 주제는 '한국 전통문화 이해'로 정했다. 전통문화는 한 국가에서 발생해 조상으로부터 후손에게 오랫동안 전해 내려오는 그 나라만의 고유한 문화이다. 따라서, 그 나라 사람들의 생활 방식과 놀이를 잘 반영하고 있다. 한국에 관한 기본적인 정보를 익힌 학생들에게 우리의 전통 놀이와 복장 문화를 알려주고 싶었다.

'한국 전통문화 이해 수업'이 있는 날이었다. 교정에 들어가는데 주변 학생들의 시선이 나에게 쏠리고 있는 느낌을 받았다. 어느 정도 예상은 했지만, 약간은 부담스러웠다. 나의 복장 때문임을 알기에 아이들에게 미소를 지으며 교무실 쪽으로 걸었다. 한국에서 온 모델이 운동장을 런웨이 삼아 새로운 의상을 학생들에게 선보이려는 듯한 자세로.

학생들의 시선이 집중될 것은 호텔을 나서기 전부터 예상했다. 호텔 로비에서 이 선생님을 기다리고 있을 때 호텔 직원들이 나의 복장을 보고 이구동성으로 말했다.

"Mr. Yoon, 오늘 옷이 멋져요."

그날 나는 감색 바지에 순백의 저고리 한 벌로 구성된 생활 한복을 입고 있었다.

수업 며칠 전부터 무슨 옷을 입고 출근할지 생각했다. '한국 전통문화 이해' 수업에 알맞은 복장을 하고 싶었다. 한국에서 가져온 전통 한복을 입을지 아니면 생활 한복을 입을지 고민했다. 준비해 온 분홍색 저고리의 전통 한복을 입으려니, 출근길에 만나는 사람들의 온 시선이 나에게 쏠아질 것 같았다. 차선책으로 생활 한복을 입었는데도 외국인의 낯선 복장을 애써 외면하지 않고 시선이 쏠린 것이다. 교무실에 들어서자마자 이번에는 선생님들의 집중된 눈길을 피할 수 없었다. 나에게 한국어 수업을 받는 여선생님들이 "선생님, 멋져요"라고 한국어로 말했다. 한글을 배운 후부터 한국어 연습을 위해 'Mr. Yoon' 대신 '선생님'이란 호칭을 자주 사용했다.

수업 시간에 이 선생님은 한복의 종류, 한국 사람이 언제 한복을 즐겨 입는지, 한복 입는 방법 등에 대해 자료를 보여주며 설명했다. 한복에 대한 설명이 끝난 후, 우리가 준비한 한복을 체험하는 시간을 가졌다. 희망하는 학생들을 대상으로 한복을 입히고, 핸드폰으로 사진을 찍어주었다. 여학생들은 한복의 색이 예쁘다며 서로 먼저 입으려 했는데, 남학생들은 소극적이었다. 저고리의 색깔이 문제였다. 인도네시아에서 남자들은 분홍색 옷 입는 것을 터부로 여기고 있었다. 그렇지만 몇몇 늠름한 남학생들은 분홍색 한복을 입고 여학생과 함께 한복 패션모델처럼 자세를 취했다. 학생들의 웃음꽃이 에어컨에서 뿜어져 나오는 바람을 타고 두둥실두둥실 떠다니며 교실을 가득 채웠다.

전통 놀이는 실내에서 할 수 있는 두 가지를 준비했다. 공기놀이와 제기차기다. PPT 자료와 동영상을 이용해 공기놀이 방법을 소개한 후 4~5명으로 모둠을 구성했다. 모둠별로 놀이에 익숙해지도록 지도했다. 이 선생님과 나는 모둠을 돌아다니며 공기놀이하는 것을 도와주었다. 학생들이 공기놀이에 익숙해진 후에는 모둠별로 시합하여 가장 잘한 모둠 학생들에게 선물을 주었다.

제기차기 놀이를 지도하는 것은 간단했다. 특별히 정해진 규칙이 없기 때문이다. 이 선생님이 제기차기에 관해 설명한 후 시범을 보였다. 학생들의 눈망울에는 '야, 재미있겠다. 빨리해보고 싶어'하는 마음이 투영되어 있었다. 학생들의 마음을 알아챈 이 선생님이 학생들에게 제기를 나누어주었다. 생각보다 쉽지 않은 제기차기에 '깔깔깔' 웃음소리가 이곳저곳에서 터져 나왔다. 모두 낯선 놀이 도구인 제기를 하나라도 더 차려고 안간힘을 썼다. 남학생들은 신바람이 났다. 자신의 실력 부족을 인정하지 않고 교실 공간이 좁은 것을 불평하면서 복도로 나가서 연습했다. 수업 끝을 알리는 종이 울려도 끝날 낌새가 보이지 않았다. 옆 반 학생들까지 더해져 복도가 제기차기 경연장이 되었다.

수업이 끝난 후 교무실에서 그날 수업에 대해 선생님들과 이야기를 나누었다. 마가레타 선생님이 공기놀이를 하겠다고 나섰다. 연습도 하지 않았는데 학생들보다 기량이 훨씬 뛰어나다. 잘한다고 칭찬을 해주자, 그녀가 "어렸을 때 친구들과 비슷한 놀이를 했다"라고 말했다. 우리와 닮은 꼴을 찾기 어려운 인도네시아에 비슷한 놀이 문화가 있다는 사실에 놀랐다.

수업 시간에 사용한 한복을 보여주자, 여선생님들이 서로 먼저 입어 보려고 한다. 한국 드라마에서 본 연예인들의 모습이 너무 아름답고 인상적이었다고 말하면서. 교무실이 한복 패션쇼를 준비하는 스튜디오로 변한 듯, 남녀 선생님들이 한복을 입고 한껏 자태를 뽐냈다. 심지어 몇 선생님은 한복을 집에 가져가 가족과 함께 체험하고 싶다며 우리의 허락을 구했다.

한국 전통문화 수업이 끝나고 우리는 준비한 한복 두 벌을 학교에 기증했다. 지금 그 옷들은 어떻게 사용되고 있을까? 바라건대, 사베리우스 마리아 중학교 학생들에게 한국 문화를 알리는 교육자료로 사용되고 있기를……

공동우표 디자인하기

　파견 근무 둘째 주 어느 날, 대기질 악화로 학교 일정이 1시간 늦춰져 8시에 수업이 시작되었다. 마스크를 착용하고 출근하는 시민들과 등교하는 학생들을 많이 목격할 수 있었다. 등굣길에 위나르토 교감 선생님이 학생들에게 마스크를 나누어 주고 있었고, 인도네시아 교육부에서는 학교에 단축 수업을 권고했다. 학교에서 약 50km 떨어진 곳에서 발생한 산불로 대기질이 좋지 않았기 때문이었다. 산불은 농민들이 팜유(palm oil)를 생산하는 기름 야자수와 다른 식물을 심기 위해 열대 우림을 일부러 태우는 과정에서 발생했다. 알버트는 다른 때보다 산불이 더 많이 발생하고 있다고 했다. 이유인즉, 2018년 개최된 아시안게임 때문에 태우지 못한 산림에 농민들이 그해 대규모로 불을 질렀기 때문이다. 자카르타 공항을 출발하여 비행기가 팔렘방 상공에 도착했을 때, 이곳저곳에서 피어

오르는 자욱한 연기의 정체를 알 수 있었다. 빨리 비가 내려 산불이 진화되길 바라는 우리의 마음과 달리, 시간이 흐를수록 대기질은 점점 더 나빠졌다. 수업 시간이 단축되고 휴교가 반복되었다. 파견 기관인 '압세유'에서는 인도네시아 주재 한국 대사관과 함께 팔렘방 대기질 상황을 유선과 무선으로 모니터링했다.

어느 날, 한차례 소나기가 내려 하늘이 약간 맑아지고 대기질이 좋아진 느낌이었다. 하지만 산불이 진화되었다는 소식은 들리지 않고, 산불 진화용 헬기에서 쏟아내는 '두두두두' 소리만이 귓전을 때렸다.

파견 8주째, '압세유' 관계자가 파견 교사의 학교생활을 점검하기 위해 팔렘방에 방문했다. 우리의 수업을 참관하기로 약속했는데 예정된 시간을 훌쩍 넘겨 수업이 끝날 때쯤 도착했다. 팔렘방 하늘을 뒤덮고 있는 자욱한 연기로 비행기가 자카르타 공항에서 정시에 이륙하지 못했기 때문이다.

어느덧 시간은 끝을 향해 질주하고 있었다. 예상하지 못한 휴교와 수업 결손으로 우리가 계획한 대로 교육 활동이 이루어지지 못한 채. 일부 학급은 8차시 수업에서 2차시밖에 끝내지 못한 상황이었다. 우리가 준비한 수업 주제를 모든 학급 학생들에게 가르치고 싶었다. 협력 교사 마가레타 선생님에게 그때까지 진행된 수업 일정을 보여주고, 남은 기간 우리가 가르치지 못한 학급에 시간을 배정해달라고 부탁했다. 그녀는 자신의 시간표를 변경하고, 선생님들과 협의하여 우리가 최대한 많은 학급에 들어갈 수 있도록 배려했다. 나와 이 선생님은 한 학급에 8차시를 계획했는데, 남은 기간에 준비한 수업을 마칠 수가 없었다. 수업 시수를 조정하여 부족한 학급은 2차시 분량을 1차시로 병합하여 수업을 진행했다. 학생들이 한글과 한국 문화 수업을 꼭 받기 원했기 때문이다.

내가 준비한 마지막 수업 주제는 '유네스코 세계 문화유산'이었다. 학생들이 유네스코 세계 문화유산의 가치를 알고 보존하는 데 함께 노력해 줄 것을 기대하는 마음으로 선정했다. 학습 목표는 두 가지로 정했다. 학생들은 인도네시아와 한국의 세계 문화유산을 알 수 있다. 학생들은 양국의 문화유산을 소개하는 우표를 디자인할 수 있다. 학습 목표를 달성하기 위해 수업은 다음과 같은 절차에 따라 진행했다.

첫째 단계는 동기 유발이다. 한국과 인도네시아에서 발행된 6종의 우표를 화면으로 보여준 후, 학생들에게 공통점을 찾게 했다. 한국 우표에는 경주 불국사와 석굴암, 조선 왕릉, 고창 고인돌이 그려져 있다. 인도네시아 우표에는 보로부두르 불교 사원, 프람바난 힌두 사원, 코모도 도마뱀이 그려져 있다. 인도네시아 우표를 보고 학생들은 그날의 수업 주제를 추측해냈다. 유네스코 세계 문화유산이라고.

둘째 단계는 새로운 어휘 학습이다. 그 시간에 배울 핵심 어휘 '유네스코'와 '문화유산'의 의미를 함께 생각했다. '마인드맵'을 이용하여 학생들이 알고 있는 내용을 자유롭게 이야기하도록 이끌었다. 학생들과 함께 '유네스코'와 '문화유산'의 개념을 정의하고, 유네스코의 역할과 문화유산이 인류에게 소중한 이유에 대해 의견을 나누었다.

셋째 단계에서는 인도네시아와 한국의 세계 문화유산을 소개했다. 학생들에게 인도네시아 세계 문화유산 사진을 보여주고 문화적 가치에 대해 함께 생각하는 시간을 가졌다. 한국 세계 문화유산은 동영상과 우표를 이용해 소개했다.

넷째 단계에는 인도네시아와 한국 수교를 기념해 발행된 기념우표를 소개했다. 2013년 한국과 인도네시아 수교 40주년을 기념하여 양국에서 공동으로 발행된 우표를 보여주었다. 기념우표에는 양국의 민속놀이인 '북청사자놀음'과 '반텡안'이 그려져 있다. '북청사자놀음'과 '반텡안'에 관한 동영상을 시청했다. '북청사자놀음'과 '반텡안'에 관해 설명한 후 두 놀이의 공통점과 차이점을 알아보았다. 북청사자놀음은 함경남도 북청군에서 정월 대보름에 사자탈을 쓰고 놀던 민속놀이다. 사자에게는 사악한 것을 물리칠 힘이 있다고 믿어 잡귀를 쫓고 마을의 평안을 비는 행사로 널리 행해졌다. '반텡안'은 '황소'를 의미하는 '반텡(banteng)'에서 유래된 말로 인도네시아 동부 자바 지역을 중심으로 전해 내려오는 민속놀이다.

두 명이 검은색 소 가면을 쓰고 춤을 춘다. 선, 권력, 정의, 번성을 상징하는 소가 호랑이와 원숭이로 등장하는 사악한 악귀를 물리치는 내용이다. '반텡안'은 그 지역의 농경문화와 밀접하게 관련되어 주로 인근 마을의 소작농들이 한데 모여 공연을 펼친다.

마지막 단계는 자신만의 우표 디자인하기다. 2013년에 발행된 한국과 인도네시아 수교 기념우표를 보고, 우표에 반드시 포함될 세 가지를 찾도록 했다. 발행 국가, 발행 연도, 우표 가격은 모든 우표에 꼭 들어간다는 것을 가르쳤다. 그날 학습한 내용과 관련하여 자신만의 우표를 도안하도록 했다. 인도네시아 세계 문화유산 홍보, 한국과 인도네시아 양국 관계 증진, 2023년 한국과 인도네시아 수교 50주년 기념 중에서 선택하도록 했다.

우표 디자인(세계 문화유산 홍보)

우표 디자인(공동우표)

　‘압세유’ 관계자의 학교 방문 이후에도 팔렘방을 뒤덮고 있는 연기는 사라지지 않았다. 두통과 메스꺼움을 호소하는 파견 교사도 늘었다. 파견 기관인 ‘압세유’에서는 선생님들의 의견을 존중하여 우리의 근무 장소를 변경하기로 했다. 팔렘방에서의 파견 기간을 불과 2주 남겨 놓고 자카르타로 가게 되었다. 안타깝게도 내가 계획한 ‘유네스코 세계 문화유산’에 관한 수업도 한 학급에서만 수업을 실행한 채 끝마쳐야 했다. 계획한 대로 모든 학급에서 수업했다면, 문제점을 발견하고 개선해서 더욱 짜임새 있는 수업으로 학생들에게 세계 문화유산의 소중함을 인식시키고 자신만의 우표를 디자인하게 했을 텐데…….

사랑해요, 한글

한국의 대중문화에 대해 전 세계인의 관심과 흥미가 높다는 사실은 잘 알려졌다. 한국 예술 작품이 다양한 분야에서 흥행에 성공을 거두고, 저명한 시상식에서 각종 상을 휩쓰는 것을 보면. K-POP 확산의 중심에는 인기 아이돌 그룹 방탄소년단(BTS)이 있다. 방탄소년단의 인기곡 '다이너마이트'는 2020년 빌보드 싱글 차트 1위에 올랐다. 방탄소년단은 지난 10년 빌보드 '핫 100'에서 1위에 가장 많은 곡을 올린 음악가로 꼽혔다. 그들의 인기곡 6개는 무려 17번이나 빌보드 싱글 차트 정상에 올랐다.

K-영화 '기생충'을 감독한 봉준호 감독은 2019년 칸 영화제에서 황금종려상을 받았다. 그 상은 최고 작품의 감독에게 주어진다. 칸 영화제는 베를린 영화제, 베니스 영화제와 함께 세계 3대 영화제로

불린다. '기생충'은 2020년 아카데미상 4개 부분도 수상했다. 영어가 아닌 언어로 제작된 영화가 작품상을 받은 것은 아카데미 역사상 최초였다.

K-드라마 '오징어 게임'은 온라인 동영상 서비스인 넷플릭스에서 시청률 1위를 기록했다. '오징어 게임'은 방송계의 아카데미상이라고 불리는 '에미상'에서 6개 부분에 걸쳐 상을 받았다. 드라마 주인공 이정재와 황동혁 감독은 남우주연상과 감독상을 받았다. 아시아 배우가 주연상을 받은 것과 비영어권 드라마의 감독이 감독상을 받은 것은 최초였다. 이처럼 한국 대중문화의 물결이 거대한 쓰나미가 되어 전 세계로 밀려가고 있다. 한국에서 만들어진 영화, 드라마, 노래가 전 세계인에게 사랑받는 '흥행 보증 수표'로 여겨지는 시대다.

한국 대중문화와 함께 세계인의 관심과 사랑을 받는 것이 또 하나 있다. 바로 우리말, 한글이다. 지구촌 곳곳에서 한국어를 배우려는 열기가 뜨겁게 타오르고 있다. 세계인들이 자신만의 목적을 갖고 한국어를 배운다. 한국 대중문화를 이해하기 위해, 한국 방문을 위해, 한국에서 공부하기 위해, 코리안드림을 위해.

외국에서 한국어를 배울 수 있는 대표적인 기관은 '세종학당'이다. 2023년 6월 기준 85개국에 248개의 세종학당이 있다. 현재 세종학당 수강생은 약 11만 명이다. 일부 국가에서는 수강 신청을 받자마자 정원을 초과해서 대기해야 한다. 인도네시아에서도 한국 대중문화와 한글에 대한 열정을 엿볼 수 있었다. 현지 학교 출근 첫날이었다. 쉬는 시간에 사회 과목 담당 부디(Budi) 선생님이 다가와 말했다.

"안녕하세요."

"아 안녕하세요."

생각지도 못한 한국어 인사에 입술이 바로 떨어지지 않고 머뭇거렸다. 새로 익힌 외국어를 처음 말할 때 당황해서 빨리 말하지 못하는 것처럼.

"한국어 어디서 배우셨어요?"

부디 선생님은 자신이 한국 드라마 팬이고, 퇴근 후에 한국 드라마를 보며 시간을 보낸다고 했다.

이 선생님과 나는 한국어 수업 계획을 함께 세웠다. 이 선생님은 한국어 자음과 모음을 지도하고, 나는 한국어로 자기소개하기를 가르치기로 했다. 이 선생님은 '한글 자음과 모음 익히기'라는 주제로 다음과 같은 방법으로 지도했다.

첫째, 한국어 자음과 모음 표를 이용하여 자음 14개와 모음 10개의 발음법을 지도했다. 모음을 지도할 때는 한국어는 문자 하나가 하나의 발음을 낸다는 사실도 설명했다. 영어에서는 문자 A가 4가지 소리를 내는 것과는 다르게.

둘째, 학생들의 흥미를 끌기 위해 노래를 이용했다. 자음과 모음으로 만들어진 노래를 부르면서 학생들이 자연스럽게 한글 자음과 모음의 형태 및 소리를 익히게 했다.

셋째, 자음과 모음을 결합하여 읽는 방법을 지도했다. 받침이 없는 말부터 시작해서 받침이 있는 단어로 확장하여 연습했다.

넷째, 한글 쓰는 방법을 지도했다. 위에서 아래로, 왼쪽에서 오른쪽으로 쓰는 것이 올바른 방법이라고 설명하면서. 또한, 학생들이 노트에 직접 쓰면서 연습하도록 했다.

다섯째, 한글로 자기 이름 쓰기를 했다. 학생들은 칠판에 있는 한글 자음과 모음 표를 보면서 자신의 이름을 올바르게 쓰려고 애썼다. 펜을 쥔 손으로 한 획 한 획 반듯하게 쓰려고 온 정성을 노트에 쏟아붓고 있었다. 쓰는 방법을 깨닫지 못한 학생들의 손이 솟아오르면 우리는 잽싸게 가서 해결사 역할을 자처했다. 이 선생님 수업에서 학생들이 가장 즐거워한 활동은 한글로 자기 이름 쓰기였다. 학생들은 자신이 쓴 한글 이름을 명화(名畵) 이상의 가치로 받아들였다. 옆 친구에게 보여주면서 서로 소리내기도 하고, 손끝으로 따라서 써보기도 했다.

나의 1차시 학습 주제는 '한국어로 자기 소개하기'였다. 학생들에게 올바르게 자기소개와 인사하는 법을 가르치기 위해서다. 우리가 한글을 지도하기 전에도 몇몇 학생은 한글로 인사했지만, 경어법에 맞지 않게 '안녕하세요'가 아니라 '안녕'이라고 했다. 나는 가르칠 여섯 문장을 선정했다. ○○○ 이름에는 그 학급의 1번 학생 이름을 적었다. 친구 이름이 쓰인 문장을 보고, 학생들이 한글 수업에 흥미를 갖게 하려고.

- 안녕하세요.
- 제 이름은 ○○○입니다.
- 저는 사베리우스 마리아 중학교 학생입니다.
- 저는 인도네시아 사람입니다.
- 만나서 반갑습니다.
- 감사합니다.

한글 수업

수업 단계별로 다음과 같이 지도했다.

첫째, 한국어 자기소개하기. 여섯 문장에 해당하는 영어와 인도네시아어를 함께 표기했다. 학생들이 각 문장이 나타내는 의미를 정확하게 이해하도록 돕기 위함이다.

둘째, 문장을 단어별로 나누어 발음 연습을 했다.

셋째, 각 단어 발음이 익숙해지면 두 단어, 세 단어로 확장하여 읽도록 했다.

넷째, 문장별로 하나씩 읽기를 연습시켰다.

다섯째, 친구와 함께 연습하도록 했다. 발음이 익숙해지면 일어나 서로 마주 보고 공손히 인사한 후에 자기를 소개하도록 했다. 이 선생님과 나는 발음이 어색한 학생들을 찾아다니면서 지도했다.

여섯째, 희망하는 학생이 교탁으로 나와 친구들 앞에서 자신을 소개하도록 했다.

일곱째, 배운 표현을 이용하여 나와 함께 역할극을 했다. 내가 질문을 하면 학생들이 대답하는 방식이었다.

여덟째, '사랑'이라는 단어를 가르쳤다. '사람'과 '사랑'을 칠판에 적고 함께 읽게 했다. '사람'에서 'ㅁ'을 'ㅇ'으로 바꾸면 사랑이라는 글자가 된다는 것을 가르쳐주고, 모든 사람은 사랑받기 위해 태어난 존재라는 설명을 덧붙였다.

마지막으로 사랑이라는 단어가 들어간 4문장을 함께 연습했다.
- 친구야, 사랑해.
- 엄마, 사랑해요.

   - 아빠, 사랑해요.

   - 선생님, 사랑해요.

학생들은 옆자리 친구에게 "친구야, 사랑해" 하면서 "까르르" 웃음보따리를 터트렸다. '사랑해'라고 말하는 학생들의 얼굴이 사랑의 감정으로 빨갛게 물들고 있었다. 숙제를 내주면서 수업을 마무리했다. 집에서 부모님 안아드리면서 "엄마, 사랑해요" "아빠, 사랑해요"라는 문장을 연습하라고 말하면서.

'아리랑'을 아나요?

한민족의 혼과 정신을 담고 있고, 한국을 대표하는 노래는 무엇일까?

대부분의 한국 사람은 주저하지 않고 '아리랑'이라고 답한다. '아리랑'은 지역마다 고유한 특성을 갖고 다양한 형태로 변형되어 전승되었다. 한민족의 입에서 입으로. 아리랑 노래는 "아리랑 아리랑 아라리요. 아리랑 고개를 넘어간다"라고 공통으로 반복되는 여음과 사설(가사)로 구성되어 있다. 사설은 그 지역만의 정서와 특징을 반영하여 지역민의 삶을 노래한다.

문화 수업의 하나로 학생들에게 '아리랑' 노래를 가르쳤다. '아리랑'은 한민족의 정신이 담긴 한국을 대표하면서 세계인에게도 잘 알려진 노래다. 한글수업과 연계하여 학생들이 쉽게 소리 내어 배울 수 있다고 생각해 선택했다. 아리랑은 지역마다 다양한 버전으로 전해오고 있다. 전문가들은 아리랑이라는 제목으로 전승되는 민요는 약 60여종, 3,000여 곡에 이르는 것으로 추정하고 있다. 다양한 아리랑 중에서 한민족에게 가장 애창되는 곡은 '본조아리랑'이다. '본조아리랑'은 1926년에 개봉된 영화 <아리랑>의 주제가로 불린 '아리랑'이다. 우리에게 가장 익숙한 이 아리랑은 2012년 유네스코 세계 문화유산으로 지정되었다.

아리랑을 세계인에게 알리는 데 공헌한 인물로는 방탄소년단을 빼놓을 수 없다. 2016년 프랑스 공연에서 방탄소년단은 새로운 형태의 아리랑을 세계인에게 선보였다. 아리랑 하면 떠오르는 '한'의 이미지를 벗어난 경쾌한 현대적 멜로디의 아리랑이었다. 탈춤을 연상시키는 신명을 울리는 율동과 함께. 그들은 우리나라 3대 아리랑인 '본조아리랑', '밀양아리랑', '강원도아리랑'을 자신들의 독특한 음악 스타일에 맞게 편곡했다. 전통의 리듬에 바탕을 두면서도 흥겹고 신나게 부를 수 있도록 했다. 또 노래 가사 사이에 현대적인 랩을 넣어 한민족의 긍지와 자부심을 표현했다.

백 만년 지켜왔지.
긍지와 자부심.
모든 걸 이겨왔지.
꺾인 적 없어 한 번도.
한 번 큰 걸음 시작한 여기
뜨거운 해가 떠오르는 밝은 땅.

수업을 성공적으로 이끄는 요소는 무엇일까? 학습 주제를 선정하는 것만큼 중요한 것은 지도하는 방식이다. 학생의 학습 동기를 유발하고, 수업 단계에 적합한 학습 도구를 활용하고, 학생들에게 적절한 피드백을 제공해야 한다. 바꾸어 말하면 '무엇을', '어떻게' 가르치느냐에 학습의 성패가 달려있다.

3차시 학습 주제는 '한국 전통 민요 아리랑 배우기'로 정했다. 그에 따른 학습 목표는 다음 두 가지다. 학생들은 전통 민요의 개념을 알 수 있다. 학생들은 한국과 인도네시아 전통 민요의 차이점을 알고 노래할 수 있다.

학습 목표에 도달하기 위해 수업을 다음과 같은 방법으로 이끌었다.

첫째 단계는 전통 민요의 개념 익히기다. 학생들에게 "전통 민요가 무엇일까?"라고 질문했다. 학생들의 대답을 들은 후에 함께 정의를 내렸다. 서민들 사이에 구전으로 음악과 가사가 전해진 노래를 전통 민요라 한다고.

둘째 단계는 전통 민요 노래 듣기다. 동영상을 이용해 인도네시아 학생들이 잘 알고 있는 전통 민요 '암빠르 암빠르 삐상'(Ampar Ampar Pisang) 노래를 들려주자, 학생들이 큰 목소리로 흥겹게 불렀다. 자신들이 놀이하면서 부르는 전통 민요라는 사실을 알려주려는 듯 목청껏 불렀다. 다음으로 아리랑 공연 영상을 보여주었다. 전

시간에 학습한 한국 고유 의상 한복을 상기시켜주기 위해 다양한 색상의 한복을 입은 국악인이 부르는 영상을 보여주었다.

셋째 단계에서는 인도네시아와 한국을 대표하는 두 전통 민요를 비교하는 활동을 했다. 학생들과 함께 표를 채우면서 두 노래의 특징을 알아보았다.

<인도네시아와 한국 전통 민요 비교>

	암빠르 암빠르 삐상	아리랑
멜로디	빠르고 활기차다	느리고 정적이다
버전	없다	60종 이상
누가 만들었나?	Hamiedan AC	미상
언제 만들었나?	미상	600년 이상
언제 부르는가?	언제든지	언제든지

넷째 단계는 노래 배우기다. '아리랑' 노래 가사의 의미를 설명한 후 한 소절씩 따라 부르게 했다. 학생들이 발음하기 어려워하는 단어는 반복 연습했다. 발음이 익숙해지자 전체 가사를 읽는 연습을 한 후, 멜로디에 맞춰 함께 노래했다.

마지막으로 다른 형태의 아리랑 영상(방탄소년단이 부른 새로운 멜로디의 아리랑)을 보여주었다. 영상을 시청한 후 표에서 설명한 것처럼 한국에는 다양한 형태의 아리랑이 있다는 것을 다시 알려주었다.

학생들에게 본조아리랑과 방탄소년단 아리랑 중 어느 아리랑을 부르고 싶은지 물었다. 대부분 방탄소년단이 부른 아리랑을 더 선호했다. 빠르고 활기찬 음악이 좋다고 말하며. 그래서 "자, 이제 여러분이 BTS와 함께 공연할 차례입니다. 함께 노래합시다"라고 하자, 학생들이 부르는 아리랑 가락이 넘실넘실 춤을 추며 교실을 벗어나 교정으로 훨훨 날아갔다.

part 5

문화유적으로 인도네시아를 느끼기

아시안게임 개최 도시, 팔렘방

팔렘방은 인도네시아 서쪽에 자리한 수마트라섬 남동부에 있는 항구도시다. 북부에 있는 메단에 이어 두 번째로 큰 도시로 남수마트라주의 주도다. 인구는 약 140만 명이다. 인도네시아에서 일곱 번째로 크고 가장 오랜 역사를 간직한 도시 중의 하나다. 과거의 찬란했던 역사와 현대의 발전상을 함께 볼 수 있는 곳이다. 팔렘방의 원동력인 무시 강(江)은 유구한 역사를 간직한 채 도심을 가로질러 유유히 흐르고 있다.

팔렘방의 역사는 옛 스리위자야(Sriwijaya) 왕국으로 거슬러 올라간다. 스리위자야 왕국은 팔렘방을 근거지로 7세기부터 약 200년간 번성했던 불교 왕국이다. 중국에서 인도로 유학을 떠나는 승려들의 중간 기착지이자 믈라카(Melaka) 해협을 중심으로 인도와 중국을 잇는 중계 무역의 중심지 역할을 했다. 팔렘방은 이러한 과거의 찬란한 역사를 간직한 도시이지만, 우리에게 알려진 것은 비교적 최근이다. 2018년 아시안게임을 통해서다.

자카르타와 팔렘방에서 열린 아시안게임은 원래 베트남 하노이에서 2019년에 개최될 예정이었다. 그러나 베트남이 경제 사정을 이유로 2014년에 아시안게임 개최권을 자진 포기했다. 아시아올림픽평의회(OCA)는 2014년에 인도네시아 자카르타로 아시안게임 개최지를 변경했다. 인도네시아 정부는 2019년에 대통령 선거를 앞두고 있기 때문에 개최 연도를 1년 앞당긴 2018년에 개최할 것과 자국 내 다른 도시와 공동으로 개최할 것을 요청했다. 그리하여 2018년 자카르타와 팔렘방에서 아시안게임이 열리게 되었다.

중간고사 기간 어느 날이었다. 유니스마 선생님이 나와 이 선생님을 자기 집으로 초대했다. 알버트가 우리를 픽업하여 선생님 집으로 향했다. 웃음 제조기 과학 선생님 안톤, 필요한 수업 자료를 말이 떨어지자마자 준비해 주는 행정실 직원 제네와 함께.

주택가에 들어서자, 바나나 나무가 눈에 들어왔다. 노랗게 익어 먹음직스러운 바나나가 매달린 나무를 보자 내가 열대 지방에 있다는 것을 실감했다. 선생님 집에 도착하니 두 분의 여선생님이 유니스마 선생님과 음식 준비를 끝내고 기다리고 있었다. 식사를 마치고 집 거실을 둘러보니 진열장에 메달과 트로피가 가득하다. 누가 받았는지 묻자, 셋째 딸이 받은 것이라고 했다. 유니스마 선생님은 부부 교사다. 남편은 사베리우스 재단 소속 고등학교 체육 교사다. 행정실 직원 제네가 말했다.

"유니스마 선생님은 딸이 4명인데 모두 훌륭한 아이들입니다. 첫 딸은 학교 선생님이고, 둘째 딸은 전액 장학생으로 의대에 재학 중입니다. 셋째 딸은 뛰어난 육상선수이고, 막내딸은 고등학생입니다."

'호랑이도 제 말 하면 온다는 말처럼' 바로 그때 고등학생인 막내딸이 학교에서 돌아왔다. 유니스마 선생님 가족과 기념사진을 찍고, 감사의 인사를 드리고 집을 나섰다.

2019년 아시안게임 주 경기장 입구

알버트의 제안으로 2018년 아시안게임이 개최된 자카바링 경기장

(Jakabaring Sport City)에 갔다. 팔렘방 현지인들은 아시안게임을 개최한 것에 대해 굉장한 자부심을 지니고 있다. 그러나 나는 경기장에 도착해서 실망감을 감출 수 없었다. 사진을 찍기 위해 아시안게임 기념 조형물 앞에 내렸을 때, 주 경기장 앞에 있는 분수대에 물은 보이지 않고 일회용품 쓰레기만 가득했기 때문이다. 함께 간 알버트의 얼굴에서 당혹감을 엿볼 수 있었다. 그는 "인도네시아에서 일회용 쓰레기 처리가 큰 문제다"라고 말하며 아쉬움을 토로했다. 아시안게임이 개최된 지 1년이 약간 지났을 뿐인데 경기장 안내문이나 상징물의 많은 부분이 파손되어 있었다.

조정 경기가 열렸던 호수로 갔다. 드넓게 펼쳐진 호수를 바라보니 무더위가 사그라들고, 널브러진 쓰레기로 인해 무거워졌던 마음이 개운해졌다. 젊은이들이 호수를 배경 삼아 사진을 찍거나 그늘을 드리우는 나무 아래에서 휴식을 취하고 있었다. 팔렘방 젊은 청춘들의 데이트 코스처럼 느껴졌다. 머리를 맞대고 사랑을 속삭이는 청춘남녀의 목소리가 호수 위에 잔잔한 물결을 드리웠다. 원래는 조그마한 호수가 있던 늪지대였는데, 2018년 아시안게임을 위해 인공적으로 넓혀 조정 경기장으로 만들었다고 한다. 호수 주변에는 음료수와 간식거리를 판매하는 가판대가 많이 보였다. 동행한 제네가 "주말이면 팔렘방 사람들의 휴식처로 많은 사람이 방문한다"라고 했다. 호수를 배경으로 웨딩 포토를 찍는 예비 신랑 신부가 보였다. 인도네시아 전통 복장을 한 커플이었다. 함께 사진을 찍어도 좋은지 묻자, 오히려 그들이 더 좋아했다. "결혼을 기념해 한국 사람과 함께 사진을 찍는 것이 큰 축복입니다"라고 말했다.

팔렘방에서 보내는 마지막 주말이 되었다. '무엇을 할까?' 생각하다, 박물관을 방문했다. 박물관의 역사 유물을 통해 내가 미처 알지 못한 팔렘방에 관해 자세히 알기 위해. 무시 강변에 있는 술탄 마흐무드 바다루딘 Ⅱ(Sultan Mahmud Badaruddin Ⅱ) 박물관에 갔다. 표를 끊으려니 매표소 직원이 말했다.

"외국인이죠? 관광객용 표를 사야 합니다."
"사베리우스 마리아 중학교 선생님입니다."
"증명서를 보여주세요."

증명서 대신 핸드폰에 저장된 학생들과 찍은 사진을 보여주자, 현지인 입장료를 지불하고 들어갈 수 있었다. 유물이 전시된 2층으로 올라가자, 연세가 지긋한 노인 한 분이 다가왔다. 자신을 문화 해설사라고 소개하고 전시물을 설명해 주었다. 목소리에 팔렘방 역사에 대한 자부심과 긍지가 함께 담겨 나왔다. 말레이시아에서 여행 온 모녀가 입장하여 함께 해설을 들으며 팔렘방의 역사에 한걸음 가까이 다가갈 수 있었다.

박물관에는 고대 스리위자야 시대의 불교 유적을 포함하여 현대 팔렘방을 대표하는 직물인 송켓(Songket)이 전시되어 있었다. 케두칸 부킷(Kedukan Bukit) 비문에 관한 유물도 있었다. 케두칸 부킷은 무시 강 지류인 타탕 강변에서 1920년에 발견된 비문이다. 비문에는 고대 스리위자야 왕국의 역사가 기록되어 있다. 역사학자들은 이 비문에 근거하여 688년에 팔렘방이라는 도시가 형성된 것으로 추정하고 있다. 중국 명나라 시대 환관 정화의 대원정 기록도 있었다. 정화는 1차 원정 때 베트남을 거쳐 팔렘방에 도착했다. 정화의 부하인 마 후안(Ma Huan)이 그린 해양 지도와 박물관 이름을 따온 술탄 마흐무드 바다루딘 Ⅱ의 초상화도 걸려 있었다. 송켓은 팔렘방을 대표하는 직물이다. 비단에 금실과 은실을 사용해 다양한 패턴의 무늬를 넣어 만든 옷감이다. 송켓의 역사는 팔렘방에 자리한 고대 스리위자야 왕국 때로 거슬러 올라간다. 고대에는 왕족과 귀족들이 입는 옷의 옷감으로 사용됐다. 현대에는 주로 공식 행사의 의상으로 이용되고, 결혼식에서 신랑과 신부가 입는 혼례복으로도 사용된다.

무시 강변에서 석양을 바라보며 무더위를 식히고 있었다. 서서히 어둠이 드리우자, 조명이 들어온 암페라 다리가 더욱 웅장하게 눈앞으로 성큼 다가왔다. 우뚝 솟은 암페라 다리는 길이가 약 1,100m로 팔렘방의 랜드마크다. 시원한 강바람에 무더위를 날리려는 가족과 연인들이 강변에 있는 공원으로 서서히 몰려들었다. 기념품 가게에서 암페라 다리가 그려진 기념 티셔츠를 하나 샀다. 암페라 다리의 야경을 가슴에 품고, 무시 강의 시원한 강바람을 들이마시며 팔렘방에서 보낸 지난 9주 동안의 기억을 정리하며 숙소로 발걸음을 돌렸다.

삼국의 휴양지, 빈탄섬

    현지 생활 셋째 주 어느 날, '딩동' 문자 메시지가 도착했다. 파견 동료 교사들이 주말여행 계획을 세우고 있다는 내용이었다. 한 팀은 빈탄(Bintan)으로, 다른 한 팀은 벨리퉁(Belitung)으로. 나는 빈탄 여행 팀에 합류하기로 했다. 현지 생활 3주 만에 처음으로 가는 여행이었다. 배치된 학교의 행정 구역을 벗어날 때는 파견 기관

규정에 따라 '지역 이동 신청서'를 압세유에 제출해야 한다. 지역 이동 신청서를 작성한 후 협력 교사 마가레타에게 교장 선생님의 승인을 받아 달라고 요청했다. 교장 선생님의 서명을 받은 지역 이동 신청서를 압세유에 메일로 제출했다. 여행을 떠나기 위한 행정 절차가 모두 마무리되었다.

빈탄섬은 싱가포르에서 남동쪽으로 46km 떨어져 있다. 남태평양과 인도양이 만나는 리아우 제도에 속한다. 인도네시아인보다 주변 국가인 싱가포르와 말레이시아 사람들에게 더욱 인기 있는 휴양지다. 싱가포르 항구에서 배로 1시간 이내에 당도할 수 있는 지리적 이점뿐만 아니라 싱가포르와 비교해 상대적으로 물가가 저렴하기 때문이다.

처음으로 다른 도시로 여행을 가기로 한 날이었다. 금요일 수업을 끝내고 팔렘방 공항으로 출발했다. 빈탄섬으로 가기 위해서는 인근에 있는 바탐섬을 경유해야 한다. 빈탄섬에는 공항이 없기 때문이다. 팔렘방 공항을 이륙한 후 약 45분 지나 바탐섬 국제공항에 도착했다. 공항에서 택시를 이용해 페리 선착장으로 갔는데 빈탄섬으로 가는 배편이 없다고 했다. '아! 이게 어떻게 된 일이지?' 당황하여 사태를 파악해 보니, 페리 선착장이 두 곳이었다. 싱가포르로 가는 곳과 빈탄으로 가는 곳. 택시 기사가 우리를 싱가포르행 선착장으로 데려다준 것이었다. 직원의 도움을 받아 빈탄섬행 선착장으로 무사히 도착할 수 있었다.

빈탄섬 선착장에서 숙소인 리조트로 가는 교통수단은 택시가 유일했다. 택시 기사와 요금을 흥정한 후 두 대에 나누어 타고 숙소로 향했다. 울퉁불퉁한 도로를 달리는 차의 진동이 온몸으로 파고들고, 구불구불한 도로를 달릴 때는 몸이 중심을 잡지 못하고 이리저리 쏠렸다. 그러나 마음은 잔잔한 바다를 항해하는 요트처럼 고요했다. 팔렘방 도로를 가득 메운 오토바이의 소음과 매연에서 벗어나 바다 냄새가 콧속으로 시원하게 스며들었기 때문이다.

체크인 전, 점심을 먹기 위해 리조트 안에 있는 일식당으로 갔다. 그런데 메뉴판을 보고 모두 깜짝 놀랐다. 식사 비용이 우리의 예상을 벗어났기 때문이다. 한국보다 비쌌다. 동남아 여행의 장점이 물가가 저렴한 것인데, 이곳 리조트는 그렇지 않았다. 고민 끝에 우리 일행은 주문을 마쳤다. 그런데 제공된 음식을 보고 또 한 번 놀랐다. 김밥 반 줄 정도밖에 안 되는데 우리 돈으로 만 원 이상이었다. 일행 모두가 음식을 보고 입맛을 다시는 것이 아니라 씁쓸한 미소를 짓고 있었다.

체크인 시간이 되어 가방을 찾으러 일행과 함께 안내 센터로 갔다. 직원이 골프 카트를 두 대 대기시켜 놓고 한 사람에게 운전하라고 한다. 모두 경험이 없다고 주저하니 자신이 가르쳐 준다며 나에게 키를 넘긴다. 여선생님 두 분을 태우고 직원이 운전하는 카트를 뒤따르다 앞차를 놓쳤다. 초보 운전자의 미숙함으로 속도를 내지 못했기 때문이다. 리조트 주변을 헤매고 있는데 직원이 우리를 데리러 왔다. 여전히 운전 미숙으로 과속 방지 턱을 급하게 넘다가 뒷자리 숙녀분들을 깜짝깜짝 놀라게 했다.

뜨거운 태양의 열기가 서서히 식어가는 시간이 되자 해변에 산책하러 나갔다. 여선생님 두 분이 카약을 타고 있었다. 열심히 노를 젓고 있었지만, 해변으로 밀려오는 파도에 카약이 바다로 나가지 못했다. 해양 수련회에 온 학생들처럼 들떠 조금이라도 멀리 가려고 힘을 쏟고 있었다. 조그마한 카약에 앉아 힘차게 노를 저어 안전선이 쳐진 곳으로 나아가려고 노력하는 모습을 보니, 헤밍웨이 소설 <노인과 바다>가 생각났다.

"인간은 죽을지는 몰라도 패배하는 것은 아니다"라고 말한 산티아고 노인의 독백은 포기하지 않는 불굴의 의지를 보여준다. 우리의 삶은 도전의 연속이다. 패배가 두려워 도전하지 않는 삶은 죽은 삶이다. 삶의 의미를 포기하는 것이다. 내가 인도네시아 파견 근무를 신청한 것도 하나의 도전이었다. 낯선 환경에서 두려움을 떨치고 나의 의지를 확인하고 나의 미래를 설계하기 위한 도전.

다음 날 아침 인도네시아 도착한 후 처음으로 아침 운동을 나갔다. 리조트 앞에 펼쳐진 해변을 1시간 정도 달렸다. 바닷가 바위 위에 새처럼 보이는 것이 있었다. 자세히 보려고 가까이 다가갔다. '세상에!' 거대한 도마뱀이 있었다. 길이가 1.5m는 족히 넘은 도마뱀이 혀를 날름날름 내밀며 바위 위에서 일광욕을 즐기고 있었다.

멸종 위기종인 코모도왕도마뱀처럼 보였다. 인도네시아 코모도섬에는 지구상에서 가장 큰 도마뱀이 서식하고 있다. 사진을 찍기 위해 다가가니, 이방인의 접근을 허용하지 않고 유유히 사라졌다.

약 20명의 이슬람 여성이 히잡을 쓴 채 해변에서 에어로빅 중이다. '저 여성들은 도대체 언제 히잡을 벗는 것일까?' 궁금했다. 동료 여선생님들은 어린 학생들이 자신의 의지와 상관없이 부모의 종교에 따라 평생 히잡을 착용하는 것은 불합리하다고 생각했다. 나도 어느 정도는 동의하는 바이다. 현지 도착 전 인도네시아 문화를 이해하기 위해 책을 여러 권 읽었다. 책 내용에 따르면 이슬람 가정에서는 자녀들이 성장하면 히잡 착용에 대하여 자녀의 의견을 존중하여 결정한다고 했다. 하지만 책에 나온 내용이 딱 들어맞지도 않은 것 같았다. 어린 유치원생들도 히잡을 쓰고 다니는 것을 보면.

바비큐를 주문하여 함께 저녁 식사를 준비했다. 불 조절에 실패하여 닭 다리가 반은 타버렸다. 야외 바비큐를 대신해 프라이팬을 이용하여 음식 준비를 마친 후 성대한 만찬을 즐겼다. 파견 기간 교육 활동에 대한 의견을 공유하며 저녁 시간을 보냈다.

2박 3일 여행의 마지막 날이었다. 아침을 든든히 먹은 후, 카트를 타고 리조트 내를 둘러보았다. 갑자기 야생 원숭이가 나타나 깜짝 놀랐다. 숙소가 위치한 지역에서 조금만 벗어나도 야생 원숭이를 볼 수 있는 자연 그대로의 지역이다. 12시에 체크아웃하고 바탐섬으로 향했다. 선착장에서 쾌속선을 이용해 바탐섬 항구에 도착했다.

리조트 직원이 소개해 준 기사분이 우리를 반갑게 맞아 주면서 우리가 원하는 해산물 식당으로 안내해 주었다. 한국을 떠난 후 먹어 보지 못한 해산물을 배불리 먹은 후 공항으로 향했다.

여행 마지막 일정으로 선물을 샀다. 인도네시아에서는 여행을 다녀오면 가까운 사람들에게 선물을 돌리는 것이 불문율이다. '로마에 가면 로마법을 따르라' 하지 않았던가. 나도 그들의 문화에 따르기 위해 선생님들에게 드릴 초콜릿과 과자를 한 아름 사서 비행기에 올랐다.

꽃의 도시, 반둥

인도네시아인에게 꽃의 도시로 알려진 반둥. 학창 시절 세계사 시간에 들어본 기억이 있는가?

파견 8주째, 주말 여행지로 내가 선택한 도시는 반둥이었다. 자카르타에서 남동쪽으로 140km 정도 떨어져 있다. 평균 고도가 해발 780m인 고원 지대에 위치하여 인도네시아 다른 도시에 비해 상대적으로 평균 기온이 낮다. 낮 기온은 26~29℃, 밤 기온은 17~19℃를 유지한다. 시원한 날씨로 인해 네덜란드 식민지 시절부터 유럽인들의 휴양지로 선호된 곳이다. 반둥의 번화가인 브라가(Braga) 거리에는 유럽풍의 건물과 카페가 밀집해 있어 식민지 시절에는 '자바의 파리'라고 불렸다.

시원한 날씨와 함께 반둥이 나에게 매력적인 도시로 다가온 이유는 무엇일까? 반둥은 도심을 기준으로 남쪽과 북쪽에 있는 화산 지역을 여행할 수 있는 출발지다. 더불어 학창 시절 세계사 시간에 배운 '반둥 회의(아시아-아프리카 회의)'가 열린 역사적인 장소이기 때문이다.

여행 출발 당일 5시에 일어나 창밖을 살폈다. 아침에 일어나면 바깥 대기질을 눈으로 확인하는 것으로 하루를 시작했다. 가시거리가 좋지 않았다. 비행기가 정시에 이륙할 수 있기를 기대하며 그랩 택시를 타고 공항에 도착했다. 이른 시간인데도 사람들로 공항이 북새통이있다. 나의 기대와 달리 많은 항공기가 새벽부터 이륙하지 못하고 있었다. 내가 예약한 비행기는 7시 35분 출발 예정인데 기상 상태 악화로 출발이 지연된다는 안내방송이 나왔다. '몇 시에 출발할 수 있을까? 아니 비행기가 이륙은 할 수 있을까?' 불안했다. 팔렘방에서 출발이 늦어지면 자카르타에서 반둥으로 가는 도로에서 교통 체증에 시달려야 하기 때문이다. 평소에는 두 시간 거리지만 주말이 되면 최소 4시간은 소요된다는 말을 들었다.

누군가의 기도가 통했을까? 공항에서 4시간 정도를 대기하다 11시 30분에 비행기가 이륙했다. 1시간의 비행 후, 자카르타 공항에 도착해 반둥행 버스터미널로 향했다. 오후 1시 45분 버스가 있었다. 버스는 중형 버스와 소형 버스 두 종류다. 소형 버스는 기사 포함 9인승으로 1인당 170,000루피아[4]이고 중형 버스는 130,000루피아

---

[4] 1,000루피아는 90원 정도에 해당한다.

이다. 소형 버스는 한국의 트렉스타 형태의 차량이다. 좌석 간격이 넓고 편안하여 중형 버스보다 가격이 더 비싸다.

출발 시각이 남아 식사하러 갔다. 밥을 먹고 버스정류장으로 돌아오니, 직원이 나를 애타게 찾고 있었다. 자리가 만석이 되어 빨리 출발하려는데 내가 보이지 않고, 전화해도 전화를 받지 않았으니 얼마나 애를 태웠을지 이해되었다. 설령 통화가 되었더라도 내가 알아듣지 못하고 전화를 끊겠지만. 국내선 터미널을 출발한 버스가 국제선 터미널을 거쳐 고속도로에 진입했다. 예상한 대로 차량 행렬이 심상치 않았다. 3시간이면 반둥에 도착할 수 있을 것으로 생각하고 여행 일정을 계획했는데, 무려 4시간 30분이 소요되었다. 인도네시아에서 자카르타와 반둥은 차량의 정체로 악명이 높은 도시라는 것을 실감하는 시간이었다.

반둥 버스터미널에서 숙소로 가는 길도 교통 체증이 심했다. 나는 한국 소도시인 순천에 살아 평소에 교통 체증을 경험하지 못한다. 하지만 인도네시아에서 생활하면서 교통 체증을 실감했고, 교통 체증을 의미하는 인도네시아어 '마쯧(macet)!'을 익혀 입버릇처럼 입에 달고 살았다. 복잡한 도로에 정차한 택시 안에서 나도 모르게 입에서 터져 나왔다. "마쯧! 마쯧!" 도로는 혼잡했지만, 차창 밖으로 보이는 도시의 모습이 바쁜 마음을 누그러지게 했다. 상점 앞에 놓여 있는 화분에는 꽃이 만발해 있고, 길거리에는 만개한 이름 모를 꽃들이 서로 방글방글 웃고 있었다. 내 고향 순천이 '정원의 도시'라면 반둥은 '꽃의 도시'였다.

핸드폰을 확인하니 함께 반둥 투어를 약속한 선생님으로부터 문자가 도착했다. '오전 8시에 예약했습니다. 출발 10분 전에 호텔 로비에서 뵐게요.' 시간을 확인하니 오전 5시 30분이었다. 호텔 주변을 산책하기 위해 밖으로 나오자 이미 많은 오토바이와 차량이 도로를 달리고 있었다. 상쾌한 아침 공기를 가슴속 깊이 흠뻑 빨아들이며 인도를 달리는 사람들과 합류했다. 브라가(Braga) 거리와 아시아 아프리카(Asia Afrika) 거리를 1시간 정도 달렸다. 주변의 건물과 지리를 익히면서.

거대한 모스크가 있는 알룬알룬 코타 반둥(Alun-Alun Kota Bandung) 광장으로 갔다. 모스크 앞에는 인조 잔디가 깔린 축구장만큼 큰 광장이 있었다. 광장 이곳 저것을 살펴보고 다른 곳으로 가려고 가장자리로 나오는 순간, 한 남성이 나를 불렀다. 그의 손에는 어린이 장난감이 많이 들려 있었다. 호객행위를 하려는 것으로 생각하고 웃으면서 말했다.

"No, thank you."

그런데 그가 다시 부르면서 나의 발걸음을 멈춰 세웠다. 이번에는 나의 발을 가리켰다. '뭐가 문제지?' 하는 생각으로 머리가 복잡해졌다. 주변 사람들의 발을 보고 알 수 있었다. '아뿔싸!' 신발을 벗어야 하는 곳에서 나만 신발을 신고 있었다. 이방인이 신성한 장소를 더럽히고 있었으니 그의 심정이 어땠을까? 정중하게 잘못된 행동을 알려주려고 부른 것인데 호객행위로 착각하다니. 의도하지 않은 실수로 얼굴이 뜨겁게 달아오르는 것을 느꼈다. 반둥의 특산품인 딸기처럼 빨갛게. 미안하고 민망해서 영어와 인도네시아어로 "Sorry, Maaf! Sorry, Maaf!"라고 연달아 말하면서 빠르게 광장에서 벗어났다.

여선생님과 합류하여 8시에 투어를 시작했다. 첫 번째 목적지는 휴화산이 있는 탕쿠반 파라후(Tangkuban Parahu)다. 1829년부터 1929년까지 6차례 화산이 폭발한 곳이다. 분화구를 살펴보고 주변 온천에서 족욕을 할 계획이었다. 온천수에 삶은 옥수수와 달걀을 먹으면서.

화산이 위치한 산으로 점점 다가가자, 아름다운 집들과 리조트들이 보였다. 반둥에 자카르타 부자들의 휴양지와 별장이 많다는 것을 실감했다. 택시로 2시간 정도 이동해 공원 출입구에 도착했다. 택시 기사가 안내원과 이야기하는데 왠지 모를 불안감이 밀려들었다. 택시 기사가 머뭇거리다 말했다.

"오늘은 화산 분화구를 개방하지 않아 가까이 가서 볼 수 없습니다. 현지 가이드를 동행하면 먼 곳에서는 볼 수 있어요."

'아. 이럴 수가. 용암은 분출하지 않아도 분화구에서 끓어오르는 화산의 열기를 가까이서 느끼고 싶었는데…….' 현지 가이드는 나의 심정은 아랑곳하지 않고 가이드 비용으로 300,000루피아를 요구했다. 협상하여 150,000루피아를 주고 가이드를 따라갔다. 대규모

녹차밭이 조성되어 있었다. 가이드와 함께 녹차밭을 걷는데, 여러 명의 현지인이 우리를 따라오며 한국어로 말했다.

"안녕하세요. 사진 찍어요. 예쁘게 나와요."

녹차밭과 멀리 보이는 분화구를 배경으로 사진을 찍었다. 녹차밭을 나오자, 우리를 따라온 현지인들이 기념품을 판매하고 있었다. 호객행위를 정중하게 거절하고 현지 가이드를 따라 한 사무실로 들어갔다.

탕쿠반 파라후 화산이 폭발한 기록과 화산에 대한 설명이 있었다. CCTV를 통해 분화구 주변을 볼 수 있었다. 그날 아침 7시쯤 화산 활동이 일어나 분화구에서 연기가 피어나는 모습이 찍혀 있었다. 다른 사무실에는 지진계가 화산 활동을 측정하고 있었다. 빠르게 움직이며 그리는 파동이 모니터에 나타났다. 분화구 주변을 개방하지 않은 것이 이해되었다. 아쉬움이 가득했지만, 한편으로는 자부심을 느꼈다. 화산 활동을 기록하는 곳에 있는 모니터 두 대가 모두 한국 제품이었다. LG와 SAMSUNG이라고 선명하게 쓰여 있었다.

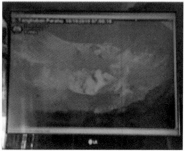

다음 목적지로 이동하는데 기사가 다른 차량을 이용해 달라고 부탁했다. 개인적으로 급한 일이 생겼다기에 물었다.

"우리의 오늘 일정과 예약한 내용에 대해 전달이 됐어요? 기사분과 영어로 의사소통할 수 있나요?"

"No, problem. No problem."

기사는 자신 있게 말했다.

하지만 차를 바꿔 탄 지 얼마 되지 않아 우리의 실수를 깨달았다. 새로운 기사는 영어를 한마디도 못 할 뿐만 아니라 우리에게 주차비, 유류비를 추가로 요구했다. 동행한 선생님이 처음 우리를 태운 기사에게 전화했다. 그녀가 우리와 계약한 내용을 새로운 기사에게 알려 달라고 요청했다. 두 기사 간에 통화가 이루어졌다. 새로운 기사 얼굴에 유쾌하지 않은 표정이 역력하다. 하지만 어쩌겠나. 우리가 계약한 내용을 준수해 달라고 요청할 수밖에. 여행을 통해 새로운 깨달음을 얻었다. 택시를 이용해 관광하면서 유의할 점에 대해.

돌아오는 길에 두순 밤부(Dusun Bambu)에 들렀다. 마을이라는 뜻의 Dusun과 대나무를 뜻하는 Bambu의 합성어인 두순 밤부는 대나무 마을이다. 이름처럼 대나무 숲길과 대나무로 만든 다양한 조형물을 볼 수 있다. 마을 중앙에 호수가 있고, 대나무로 만든 방갈로가 에워싸고 있다. 꽃이 만발한 정원이 잘 관리된 곳으로 반둥에서 가족 휴양지로 유명한 곳이다. 저녁 시간에는 수디르만 거리(Sudirman Street)에 갔다. 그곳은 야시장이 열리는 곳이다. 입구에 들어서자, 사테(Sate)5) 냄새로 입안에 군침이 돌았다. 일행과 함께 다양한 음식을 맛보며 방전된 몸을 충전했다.

두순 밤부

여행 마지막 날이었다. 팔렘방에서 누리지 못한 산책의 즐거움을 맛보았다. '파견 근무 지역이 자연과 교감을 즐길 수 있는 곳이었으면 좋았을 텐데'라는 생각이 들었다. 반둥의 역사적인 장소 브라가 거리를 걸었다. 오래전 반둥회의에 참석한 아시아 아프리카 지도자들이 거닐었던 거리를. 그들이 반둥회의 장소로 걸어가는 모습을 상상하면서. 도로 양쪽에 3m쯤 간격으로 볼링공 두 배 크기의 돌이 놓여 있다. 둥그런 모양의 돌은 지구를 상징한다. 앞면에는 나

---

5) 대나무 꼬챙이에 고기를 끼워 숯불에 구운 음식. 한국의 꼬치와 비슷함.

라 이름이 쓰여있고, 위에는 그 나라의 국기가 꽂혀 있다. KOREA
라고 쓰인 돌 위에 태극기도 꽂혀 있다. 회의가 열렸던 장소에는
주요 참가국 지도자들의 밀랍 인형과 국기가 전시되어 있다.

반둥회의에 참가한 지도자들의 밀랍 인형

반둥 회의는 1955년 인도네시아 반둥에서 제1차 회의가 개최되었다. 아시아 아프리카 회의라고도 불린다. 참가국 대부분이 제2차세계 대전 후 독립한 아시아와 아프리카 29개국이었기 때문이다. 회의 목적은 아시아와 아프리카 나라들이 긴밀한 관계를 맺고 냉전체제 속에서 중립을 선언하며 식민주의의 종식을 이루어 내기 위해서였다. 남북한은 분쟁 당사국이라는 이유로 초청받지 못했다. 회의에서는 '평화 10원칙'으로 불리는 '세계 평화와 국제 협력 증진에관한 선언'을 채택했다. 반둥 회의를 계기로 제3세력인 비동맹 국가들이 국제 정치에 본격적으로 등장하게 되었다.

호텔로 돌아와 자전거를 대여했다. 1시간에 30,000루피아, 추가시간마다 20,000루피아였다. 호텔 주변에는 자전거 전용 도로가 있지만, 조금 벗어나자 전용 도로가 없었다. 자전거를 타고 주말 운동을 즐기는 사람들의 뒤를 따라 시청 앞 공원에 도착했다. 공원은시민들로 붐볐다. 주말을 즐기는 시민들의 모습을 살피다 보니 1시간이 순식간에 흘렀다. 호텔로 돌아가기 위해 다시 페달을 힘차게밟았다. 일방통행 도로가 많아 호텔로 가는 길을 찾기가 쉽지 않았다. 인도네시아 도로에서는 신호 대기 중인 오토바이들이 자동차앞에서 신호가 바뀌기를 기다리는 모습을 자주 볼 수 있다. 그날은나도 그 대열에 합류해 신호가 바뀌자마자 오토바이와 함께 출발하는 인도네시아 사람들의 모습을 연출했다. 내가 현지인이 되었다는생각에 나도 모르게 너털웃음이 터져 나왔다. 1시간 계획으로 자전거를 탔는데 호텔에 도착하니 거의 2시간이 되었다.

팔렘방으로 돌아가는 길도 쉽지 않았다. 항공기 지연으로 공항에서 두 시간 대기하여 탑승할 수 있었다. 출발과 도착에 다소 어려움이 있었다. 하지만 학창 시절 교과서에서 배웠던 반둥 회의 현장을 체험하고, 각국 지도자들이 세계 평화와 국제 협력 증진을 위해 노력한 정신을 느낄 수 있는 여행이었다.

'꽃의 도시'로 알려진 반둥이지만, 나는 '평화의 도시'로 부르고 싶다. 자유주의 진영과 공산주의 진영으로 나뉘어 냉전 체제에 돌입했을 때, 이를 거부하고 세계 평화와 협력을 위해 신생 독립국의 지도자들이 모여 서로 머리를 맞댄 곳이기에.

신들의 섬, 발리

10월 첫 주였다. 학교 행사로 수, 목, 금, 3일 동안 수업이 없다. 초등학교 학생들을 위한 행사가 중학교에서 열리기 때문이다. 3일간 휴가를 얻어, 오랜 기간 마음에 담아 둔 곳으로 여행을 떠나기로 했다. 한국인이 선호하는 신혼여행지이자, '발리에서 생긴 일'이라는 드라마로 잘 알려진 휴양지 '발리'로.

팔렘방에서 발리로 가는 직항편이 없었다. 자카르타 공항을 거쳐 발리 덴파사르 국제공항에 도착했다. 시간을 확인하니 오후 10시 30분이었다. 그런데 공항 터미널 시계는 11시 30분을 가리키고 있었다. 나라가 동서로 넓게 펼쳐져 있어 자카르타와 발리는 1시간의 시차가 있다. 항공기 트랩에서 내려 공항 터미널로 들어가자 'The last paradise in the world'라고 쓰여 있다. '지상에서 마지막 낙원이라니, 과연 발리는 어떤 곳일까?' 궁금했다. 한편으론 지상에 있는 마지막 낙원에 들어왔다고 생각하니 마음이 설레었다.

호텔 앞 도로를 건너니 바로 해변이다. 전날 저녁 늦은 시간에 도착하여 코앞에 해변이 펼쳐져 있다는 사실을 미처 몰랐다. 해변에 들어서자 조그만 보드 위에 몸을 싣고 파도를 조정하듯 이리저리 곡예를 부리는 사람이 몇몇 보였다. '이른 아침 햇살로 반짝이는 수면 위에서 밀려오는 강한 파도 위를 자유로이 날아다니는 저들이 진정 신의 모습이 아닐까?' 하는 생각이 들었다. 아침을 맞이하는 다양한 모습의 사람들이 보였다. 해변을 산책하는 사람, 개와 함께 뛰며 놀이를 하는 사람, 조개껍질 줍는 사람, 해변을 청소하는 사람……. 그들 사이에 합류해 해변에서 달리기를 즐겼다.

발리 쿠타 해변 일몰

아침 식사를 마치고 다시 해변으로 나섰다. 새로운 도전, '서핑'을 체험하기 위해 마음을 단단히 잡은 채. 내 모습에서 서핑을 배우려는 낌새를 느꼈는지, 강습료를 말하며 서핑 강습을 제안하는 사람들이 다가왔다. 관심 없다는 표정으로 느긋하게 모래사장을 걷고 있는데, 아침 산책 시간에 만났던 젊은 강사가 다가와 유창한 한국어로 말했다.

"쌉니다. 파도 탈 수 있어요."

그의 제안을 한 귀로 듣고 한 귀로 흘리면서 해변을 걸었다. 그때, 그의 말 한마디가 애써 무심한 듯 걷던 나의 발걸음을 강력한 자석에 끌리듯 멈춰 세웠다.

"No stand. No pay."

"Really? Are you sure?"

"Yes, sir."

그는 의기양양한 목소리로 우렁차게 말했다. 파도타기에 성공하지 못하면 돈을 받지 않겠다니. 그의 말에 낚였다.

서핑 강습이 시작되었다. 바닷물이 아닌 모래사장에서. 보드 위에 배를 깔고 엎드려 양손으로 모래를 파도 삼아 헤치며 앞으로 나가는 것부터 시작했다. 물개가 양발로 헤엄치며 앞으로 나아가는 듯한 자세였다. 다음으로 보드 위에서 일어나는 동작을 연습했다. 그의 "준비! 일어나!" 구령에 맞춰 반복 연습했다. 뜨거운 태양빛을 벗 삼아 몇 차례 연습하자, 온몸에서 땀이 쏟아졌다. 힘들어하는 나의 모습을 보고, 그가 "이제 물속에서 연습하자"라고 말하며 나를 바다 깊은 곳으로 데려갔다. 그는 먼바다에서 밀려오는 물결을 보며 파도의 크기를 읽고 있었다. 나는 내 앞에 닥친 후에야 파도의 규모를 알 수 있었지만, 그는 오랜 경험과 직관으로 초보자에게 적합한 크기의 파도를 선택할 수 있었다. 밀려오는 파도를 몇 차례 보내고 최적의 파도를 직감한 그가 보드 위에서 신호를 기다리고 있는 나에게 외쳤다.

"준비! 일어나!"

그러나 나는 곧장 물속으로 곤두박질쳤다. 보드 위에서 중심을 잡지 못한 것이다. 물 위에서는 해변에서 연습한 자세가 올바르게 나오지 않았다. 보드에서 떨어져 바다에 처박히고, 의도치 않게 바닷물을 들이키길 여러 번 반복했다. '내가 괜히 과욕을 부렸나? 포기할까?' 하는 생각도 들었다.

그러나 어느 순간, "준비! 일어나!" 힘찬 구령과 동시에 나는 보드 위에서 바닷물을 가르며 해변으로 쏜살같이 질주하고 있었다. 짜릿한 쾌감이 파도처럼 몸속으로 밀려들었다. 파도를 이겨낸 순간이었다. "야호!" 함성이 목구멍에서 솟아 나왔다. 파도타기 매력에 빠져 새벽부터 서핑하는 사람들의 마음이 이해되는 순간이었다. 비록 강사의 도움을 받았지만, 한 시간의 강습으로 보드의 매력을 맛볼 수 있었다. '칠전팔기'라고 했던가? 그날 나는 아마도 그 두 배인 '십사전십오기' 정도는 됐을 것이다.

말룸(Malum)과의 강습이 끝났다. 바다를 무대 삼아 공연을 펼치듯 묘기를 부리는 서퍼들을 바라보며 그와 이야기를 나누었다. 서핑과 인도네시아 생활에 관해.

"말룸, 고향이 어디인가요?"

"북수마트라 토바 호수 근처에서 왔어요."

"나는 한국에서 왔고 현재 팔렘방 중학교에서 학생들을 가르치고 있습니다."

팔렘방에서 왔다는 나의 말에 그는 고향 사람을 만난 듯 친밀하게 나를 대했다. 핸드폰에 저장된 토바 호수 사진을 보여주며 고향 자랑을 늘어놓았다. 다음 날 우붓 여행 때 택시 임대비용도 친구에게 부탁해서 할인해 주겠다고 말했다. 처음에 제안한 1,300,000루피아에서 900,000루피아로. "I stood. I pay."라고 말하며 강습료를 지불하고, 호텔에 돌아갔다.

저녁밥을 먹으러 인도네시아 전통 식당인 와룽(Warung) 인도네시아로 갔다. 와룽은 인도네시아 서민들이 주로 이용하는 식당으로 사전적 의미는 작은 식당, 노점이다. 와룽 인도네시아는 발리 쿠타 해변에서 가격이 저렴하고 맛집으로 소문난 식당이다. 인도네시아 방식으로 요리한 음식들이 유리 진열장 안에 놓여 있다. 손님이 음식을 선택하면 종업원이 바나나 잎이 놓여 있는 그릇 위에 주문한 음식을 올려준다. 팔렘방에서는 길거리 음식이 저렴하지만, 위생 상태를 정확히 알 수 없어 꺼렸다. 와룽 인도네시아는 가격이 저렴하면서 위생 상태도 나쁜 수준은 아니었다. 저렴한 가격에 시원한 맥주를 곁들인 식사로 서핑에 지친 몸에 충분한 기력을 보충해 줄 수 있었다.

다음 날 발리의 예술촌으로 불리는 우붓으로 아침 일찍 출발했다. 발리 하면 흔히들 드넓은 백사장, 푸른 바다, 야자수가 드리운 그늘진 휴양지만을 떠올린다. 그러나 우붓은 발리의 전통 예술과 자연의 모습을 간직한 곳으로 발리의 예술혼이 살아 숨 쉬는 곳이다. 우붓 지역을 방문하지 않고, 푸른 파도가 넘실대는 백사장에서만 시간을 보낸다면 진정으로 발리를 체험했다고 할 수 없다.

전통 공예 작품을 만드는 장인

우붓 중심가에 있는 '원숭이 숲'(멍키 포레스트)에 갔다. 선글라스, 지갑, 귀걸이, 목걸이, 핸드폰 등 소지품을 조심하라는 문구가 입구에 쓰여 있다. 말 그대로 원숭이 천국이다. 관광객 어깨와 머리에 올라와 먹을 것을 구하는 원숭이도 보였다. 우리에 갇혀 있는 원숭이가 아닌 12.5헥타르[6] 거대한 밀림에 야생 원숭이 1,260마리가 7개 그룹으로 나누어 살고 있다. 탐방로를 걷다 보면 힌두교를 상징하는 다양한 석상과 원숭이 조각상을 볼 수 있다. 공원 안에는 3곳의 사원이 있다. 죽은 자를 모시는 사원과 공동묘지도 있다.

원숭이 숲은 '트리 히타 카라나(Tri Hita Karana)'라는 고대 힌두 철학에 기초를 두고 세워졌다. '트리 히타 카라나'는 발리 사람들의 삶에 대한 기본적인 철학으로 '행복 또는 조화에 이르는 세 가지 원인'을 말한다. 그들은 진정한 행복에 도달하기 위해서는 '인간과 신의 조화', '인간과 인간의 조화', '인간과 자연의 조화'가 이루어져야 한다는 믿음을 지니고 있다. 원숭이 숲은 발리에서 신으로 추앙받는 원숭이가 인간과 조화를 이루어 생활하고, 숲을 관리하는 사람과 방문객이 서로 조화를 이루고, 잘 보존된 거대한 숲이 인간과 조화를 이루고 있는 곳이다.

마지막 일정으로 수업 자료를 찾다 알게 된 수박(Subak) 시스템을 보러 갔다. 수박 시스템은 계단식 논에 물을 대는 전통 방식으로 2012년 유네스코 세계 문화유산으로 지정되었다. 수박 시스템

6) 미터법에 따른 넓이의 단위. 1헥타르는 1만㎡이다.

역시 원숭이 숲처럼 '트리 히타 카라나'의 힌두 철학 원리가 반영된 곳이다. 신과 인간의 조화를 나타내는 수상사원에서 흘러나온 물, 자신이 소유한 논에 물을 대려는 인간과 인간 사이의 협력, 자연 상태의 논을 이용하는 인간과 자연의 조화, 삼박자가 어우러져 발리 특유의 조화로운 공동체를 형성하고 있는 시스템이다.

발리 계단식 논(수박 시스템)

발리는 국민 대부분이 이슬람 신자인 인도네시아에서 주민 대다수가 힌두교를 믿고 있는 유일한 섬이다. 흔히들 발리를 '신들의 섬'이라고 부른다. 무려 2만여 개의 힌두 사원이 있고, 하루에도 몇 번이나 신에게 재물을 바치고 기도하는 사람들을 보면 그렇게 불릴 만도 하다.

또 '지상의 마지막 낙원'으로도 불린다. 나는 후자로 불리길 원한
다. 내가 만난 발리는 길거리와 사원 조각상에 새겨진 다양한 신들
만을 위한 섬이 아니었다. 섬 곳곳에서 신, 인간, 자연의 조화로운
삶을 통해 행복을 추구하는 발리 사람들의 모습을 엿볼 수 있었다.
힌두 철학의 원리인 '트리 히타 카라나' 정신이 발리 사람들의 내
면에 계승되어 발리가 지상의 마지막 낙원으로 영원히 남길…….

문화유적의 도시, 족자카르타

"Mr. Yoon, 한국으로 돌아가기 전에 '족자카르타(Yogyakarta)'는 꼭 가보세요."

주말여행을 즐기는 나에게 어느 날 협력 교사 알버트가 여행지를 추천하면서 했던 말이다. 그만이 아니었다. 사베리우스 마리아 중학교 여러 선생님이 빠뜨리지 않고 추천한 여행지가 바로 족자카르타였다. 선생님들의 추천에도 불구하고, 족자카르타는 나의 여행 목록의 우선순위에 오르지 못했다. 그런데 4차시 수업 주제인 '유네스코 세계 문화유산'에 관한 자료를 수집하다 알게 되었다. 족자카르타에 인도네시아의 대표적인 문화유산이 있다는 사실을. '족자카르타는 어떤 곳일까?' 호기심이 마음의 대지에 꿈틀거렸다. 강한 봄 햇살에 아지랑이가 피어오르듯. 족자카르타가 여행 목록 1번 순위로 밀고 올라왔다.

족자카르타는 '고요하고 평화롭고 아늑한'이란 뜻의 족자(Yogya)와 '번창한 지역'의 카르타(Karta)가 합쳐진 '평화의 마을'이라는 뜻이다. 한국에서 역사와 문화의 도시로 경주를 꼽는다면 인도네시아인들은 주저하지 않고 자바섬의 고도(古都)인 족자카르타를 떠올린다. 우리에게는 족자카르타라고 알려졌지만, 현지인들이 부르는 공식 명칭은 '욕야카르타'다. 줄여서 '족자'라고도 불린다. 인도네시아 수도인 자카르타에서 비행기로 약 1시간 10분 거리에 있다. 면적은 서울시의 5배 정도이며 인구는 350만 명이 거주하고 있다. 특별 행정구로 지정되어 술탄(Sultan)이 지배하는 특별한 지역이다. 제2차 세계 대전 후 인도네시아 독립 전쟁 기간에는 임시 수도였다. 족자카르타는 유네스코 세계 문화유산으로 지정된 불교 사원과 힌두 사원이 있는 문화 유적지이다. 또한, 자바 문명의 요람이자 전통 예술의 중심지이고, 교육의 도시다.

족자에 도착한 첫날 저녁, 말리오보로(Malioboro) 거리에 갔다. 족자의 대표적인 쇼핑과 문화의 거리로 길이는 2km 정도이다. 현지인과 관광객으로 붐비는 거리 양쪽에는 각종 공예품과 바틱을 판매하는 가게가 줄지어 있다. 거리를 걷다, 길거리 예술가들의 공연을 감상하고, 야시장에서 여행으로 피로해진 몸에 에너지를 충전할 수 있었다.

다음 날 아침 일찍 서둘러 대기하고 있는 택시에 몸을 실었다. 유네스코 세계 문화유산 '보로부두르(Borobudur) 사원'을 찾아가기 위해. 사원은 고대 불교 왕국인 사일렌드라 왕조에 의해 750년~842년에 건립된 것으로 전해진다. 캄보디아의 앙코르 와트, 미얀마의 파간 사원과 함께 세계 3대 불교 유적이자 세계 7대 불가사의 중 하나로 꼽히기도 한다. '언덕 위에 세워진 사원'을 뜻하는 보로부두르 사원은 화산으로 둘러싸인 쿠두 평원의 중앙에 있으며, 1991년에 유네스코 세계 문화유산에 등재되었다. 밀림과 화산재에 매몰되어 속세와 단절되어 있던 사원은 네덜란드 식민지 시절이던 1814년 영국 총독 래플스(Raffles)에 의해 발굴되었다.

입구에 들어서자, 웅장한 사원이 눈앞에 펼쳐졌다. 높이가 31.5m, 가로 세로가 140m로 피라미드 형태를 갖춘 보로부두르는 아시아의 피라미드라고 불릴 만했다. 언덕 위에 흙을 쌓아 올리고 23cm의 통일된 돌 약 100만 개를 쌓아 올려 만든 9층 사원이다. 사원은 세 부분으로 구성되어 있다. 5단의 정사각형 층이 있는 피라미드형 기단, 3단의 원형 받침돌로 이루어진 원뿔형 본체, 맨 꼭대기에는 거대한 종의 모습을 한 불탑(Stupa)이 있다. 정상까지 올라가는 기단 벽면에는 다양한 부조(浮彫)가 새겨져 있다. 부처님의 일생과 윤회, 해탈 등을 묘사한 것으로 보였다. 부조 하나하나에는 자바인의 예술혼이 살아 숨 쉬는 듯했고, 현세의 고통과 번뇌에서 벗어나 해탈의 경지에 도달하고자 하는 그들의 불심이 느껴졌다. 총 5km에 이르는 부조를 바라보다 정상부에 올라가면 멋진 풍경이 펼쳐진다. 탁 트인 시야에 들어오는 산과 평원, 멀리 보이는 므라피(Merapi) 화산은 보로부두르의 또 다른 매력으로 다가왔다. 눈앞에 펼쳐진 풍경에 잠시나마 무념무상의 세계에 빠져들었다. 마지막 관문을 지나 탑의 최상층부로 올라가니 선승이 열반의 세계에 들어선 것 같았다. 본체 주위에는 72기의 원형 불탑이 세워져 있고, 각 탑 안에는 불상이 모셔져 있다. 사원의 중심이자, 가장 높은 곳에는 다른 불탑보다 규모가 훨씬 큰 불탑 한 개가 자리하고 있다. 다른 불탑과 달리 이 탑 안은 텅 비어있는데 그것은 대승 불교의 '공(空) 사상'을 나타낸 것이다. 원형 불탑 안에 모셔진 부처님의 온화한 미소는 세속의 고통과 번뇌를 잊고 해탈의 경지에 이르도록 나를 이끄는 듯했다. 보로부두르를 감싸고 있는 아름다운 풍광, 장인들의 예술혼, 부처님의 온화한 미소를 마음에 간직하고 선계(仙界)에서 속세로 내려왔다.

보로부두르 사원

오후 일정으로 족자카르타 시내에서 북동쪽으로 15km 정도 떨어진 '프람바난 사원 군(群)'으로 갔다. 사원은 9세기 중반 마타람 왕조 시대에 건립된 것으로 추정된다. 최초 발견 당시에는 약 240개의 탑이 있었다고 전해진다. 그러나 인근에 있는 므라피 화산 폭발로 많은 탑이 파손되어 현재까지도 복원 사업이 진행되고 있다. 크고 작은 사원이 16개 있는데, 가장 높은 탑은 시바 사원으로 높이는 47m이다. 높이 솟은 첨탑 형태인 프람바난 힌두 사원은 삼위일체로 불리는 브라마(창조의 신), 시바(파괴의 신), 비슈누(유지의 신) 힌두교 3대 신을 모시고 있다. 섬세하고 세련된 균형미와 정교한 조각 등으로 가장 아름다운 힌두 사원으로 꼽히며 1991년에 유네스코 세계 문화유산에 등재되었다.

프람바난 사원의 탑

해가 기울고 있었다. 프람바난 사원 군 사이로 붉은 노을빛이 얼굴을 내밀고, 탑을 비추는 조명이 들어오자 높이 솟은 탑이 더 신비롭게 다가왔다. '라마야나' 공연을 관람하기 위해 사원 옆에 있는 야외 공연장으로 갔다. 공연 내용은 라마 왕의 일대기로 선을 상징하는 라마와 악을 상징하는 라바나의 대결을 다룬다. 프람바난 사원을 배경으로 화려한 힌두 의상을 입고, 인도네시아 전통 악기인 가믈란(Gamelan) 음악에 맞춰 우아하게 춤을 추는 무용수들의 공연은 밤하늘의 별빛만큼 영롱하고 아름다웠다.

일요일 오전 호텔 주변에 있는 바틱 공방에 갔다. 바틱 제작 과정을 관람하고 체험도 할 수 있는 곳이다. 입구에 들어서자, 다양한 문양의 바틱으로 제작된 옷들이 전시되어 있었다. 그곳을 지나 안쪽에 바틱을 제작하는 곳으로 들어가자, 바틱 제품을 만들고 있는 장인들의 모습이 눈에 들어왔다. 벽면 선반에는 전통 압형 염직에 사용하는 도장들이 진열되어 있었다. 바틱을 제작하는 과정은 두 가지 방법이 있다. 수공 염직과 전통 압형 염직. 장인들의 수공 염직 과정을 살펴보니 다음과 같은 순서를 따랐다.

첫째, 순백의 천위에 연필로 표현하고자 하는 무늬를 그린다.
둘째, 구리로 만든 짠팅에 밀랍을 넣어 밑그림 위에 밀랍을 입힌다. 염색되길 원하지 않는 부분도 밀랍을 입힌다.
셋째, 그림이 그려진 옷감을 염료에 담가 무늬가 새겨지지 않은 부분에 염색한다.

넷째, 밀랍 성분을 제거하기 위해 소다를 넣은 물에 삶고 세척 후 건조한다.

자신이 원하는 색상을 내기 위해서는 두 번째, 세 번째 과정을 반복해야 한다. 하나의 바틱 제품을 완성하는데 보통 2~3일이 걸린다고 한다. 자바섬에서 시작된 바틱은 인도네시아 전역으로 전파되어 현재 인도네시아인의 일상에 녹아 있다.

여행 마지막 일정으로 후탄 피누스 펭거(Hutan Pinus Pengger)에 갔다. 후탄은 숲, 피누스는 소나무라는 뜻으로 '소나무 숲'을 의미한다. 숲 안으로 들어서자, 소나무 향이 코에 스며들었다. 손에 요깃거리를 든 가족 단위 방문객들의 많이 보였다. 하늘로 쭉쭉 뻗은 소나무 숲에 산책로가 잘 조성된 곳이다. 산책로를 따라 걷다 보면 곳곳에 인위적으로 마련된 사진 찍기 명소들을 만나게 된다. 가장 인기 있는 명소는 손 모양 조형물이다. 대기 줄이 길게 늘어서 있었다. 멀리 펼쳐진 족자 시내와 멋진 산을 배경으로 손바닥 위에 올라 '인생샷'을 남기며 여행 일정을 마무리했다.

이번 여행을 통해 알게 되었다. 현지 선생님들이 족자를 꼭 방문하라고 권하는 이유를. 족자는 단순한 관광지가 아니었다. 인도네시아의 전통문화와 예술혼이 살아 숨 쉬는 고도(古都)였다. 힌두 문화를 상징하는 보로부두르 사원, 불교문화를 상징하는 프람바난 사원의 압도적인 규모와 조각된 조형물은 보는 순간, 감탄사가 절로 터져 나오게 했다. 장인의 수많은 손길을 거쳐 완성된 다양한 무늬의 바틱은 인도네시아인이 자부심을 가질 만했다. 4차시 수업 주제인 유네스코 세계 문화유산 수업을 어떤 방식으로 지도할 것인지에 대해 영감을 얻은 인상 깊은 여행이었다.

커다란 두리안(Big durian), 자카르타

2019년 10월 30일 수요일, 팔렘방을 떠나는 날이다. 아침에 눈을 뜨자마자 가방 정리를 시작했다. 학교에서 선생님, 학생들로부터 선물을 많이 받았는데 아직 정리를 못했다. 오전 10:00에 행정실 직원 방방이 운전하는 차에 탑승하여 공항으로 출발했다. 함께 탄 마가레타와 팔렘방에서 지낸 즐거운 추억에 관해 이야기하며 가는데, 차가 공항이 아닌 곳에서 정차했다. 그녀가 음식을 사서 시장할 때 먹으라고 주었다. 정이 많은 그녀가 우리에게 마지막까지 호의를 베푼 것이다.

자카르타 공항에 도착하자, 인도네시아 교육부 직원 일행이 우리를 맞이해 주었다. 그들의 안내로 은행에서 환전한 후에 숙소로 향했다. 은행에서 황당한 일이 있었다. 100달러 지폐에 접혀 있는 자국이 있다고 1달러를 공제한 후에 환전해 준 것이다. 어이없는 순간이었다. "지폐를 접어 보관한 것이 당연한 것 아니냐" 항의해도 무조건 1달러씩 공제해야 했다. 어쩔 수 없이 그들의 요구대로 환전한 후에 숙소인 아파트에 도착했다. 대형 몰이 바로 길 건너편에 보이고, 아파트 내에 수영장과 피트니스 센터가 있다.

근무지를 자카르타로 옮기게 되자, 인도네시아 교육부에서 한국인 교사 9명 모두에게 건강검진을 요구했다. 예약이 밀려 팔렘방에서 검진받지 못했기 때문에 자카르타에서 병원을 방문했다. 인도네시아 교육부 직원과 함께 실로암 병원으로 가서 의사의 진찰을 받았다. 건강 상태는 모두 양호하니 꾸준히 운동하라는 조언을 받은 후 건강검진은 끝났다.

파견 근무 동안 유일하게 두 번 방문한 도시는 자카르타다. 처음은 인도네시아에 도착하여 인도네시아 교육부 주관으로 현지 적응 연수 기간에 3박 4일간 지냈다. 두 번째는 팔렘방의 대기질 악화로 근무 지역을 자카르타로 급하게 변경하면서 약 2주간 머물렀다. 전혀 예상치 못한 이유로 정든 사람과 지역을 떠나 아쉬움이 많았지만, 한편으로는 자카르타의 속살을 살펴볼 수 있는 시간을 갖게 되었다.

자카르타는 인도네시아 수도로 자바섬 북서쪽에 자리 잡고 있다. 자카르타라는 이름은 '이루어진 승리'라는 뜻이다. 커다란 두리안

(Big durian)이라는 애칭으로도 불린다. 인도네시아의 수도로 명실상부하게 정치, 경제, 사회의 중심지 역할을 하고 있지만, 어두운 측면도 지니고 있다. 교통지옥의 도시, 대기질이 최악인 도시, 빈민층 비율이 높은 도시로.

자카르타는 세계에서 가장 빠르게 가라앉고 있다. 도시가 늪지대에 있고, 높은 인구 밀도로 과도하게 지하수를 사용하고 있기 때문이다. 해안가는 매년 1~15cm 가라앉고 있으며, 도시의 절반이 해수면보다 낮아지고 있다. 그러한 이유로 인도네시아 정부는 현재의 수도를 보르네오섬 칼리만탄주 누산타라 지역으로 이전하기로 했다. 한국의 세종시처럼 행정 수도의 기능만 한다.

주말에 인도네시아 독립 역사를 알 수 있는 명소에 갔다. 자카르타 중심부에 있는 '모나스 독립 기념탑'이다. 300년 이상 제국주의 국가의 식민지 지배에서 벗어나 1945년 독립한 것을 기념하기 위해 세운 탑이다. 높이는 132m이고 꼭대기에는 14m 높이의 횃불 모형이 태양 빛을 받아 황금빛으로 빛난다. 순금 35kg으로 도금되어 있기 때문이다. 엘리베이터를 타고 전망대에 오르자 주변 경관이 한눈에 들어왔다. 1층 박물관에는 독립 선언 때 사용했던 국기와 독립 선언서가 전시되어 있다.

모나스 독립 기념탑 부근에는 두 개의 상징적인 사원이 있다. '이스티크랄(Istiqlal) 모스크'와 '자카르타 가톨릭 대성당'이다. 이스티크랄 모스크는 인도네시아에서 최대 규모의 사원으로 12만 명을 수용할 수 있다. 길 하나를 사이에 두고 자카르타 가톨릭 대성당이 모스크를 마주하고 있다. 모스크 주변이 많은 관광객과 신자들로 붐비는 것과는 대조적으로 성당 내부는 고요했다. 성당과 모스크는 주차장을 함께 사용한다. 인도네시아인의 자존심을 나타내는 독립 기념탑 부근에 대규모 모스크와 성당이 도로를 사이에 두고 마주하고 있는 것을 어떻게 이해해야 할까? '그것이 바로 인도네시아가 추구하는 다양성 속의 통합을 의미하는 것이 아닐까?' 하는 생각이 들었다.

인도네시아 역사와 생활 문화 등을 알아보기 위해 인도네시아 국립 박물관에 갔다. 박물관은 코끼리(Gajah) 박물관으로도 불린다. 박물관 앞뜰에 태국 국왕이 1871년에 선물로 보낸 청동 코끼리 상이 있기 때문이다. 1층 전시관 입구에 들어서면 인도네시아가 다민족 국가임을 상징하는 전시물이 보인다. 다양한 부족의 얼굴을 배경으로 인도네시아 지도가 그려져 있다. 선사 시대의 고대 인류 화석 전시관에서는 직립 보행을 한 자바 원인의 두개골과 대퇴골을 만날 수 있다. 2층 전시실에는 역사 시대의 유물이 전시되어 있다. 고대 문자가 새겨진 비문, 해양 유물, 도자기, 전통 가옥 형태, 동전, 직물 등 다양한 유물을 볼 수 있다. 3층에는 인도네시아 민속 문화와 관련된 전시물이 있다. 1층 화랑과 연결된 중앙 뜰로 들어서면 불교, 힌두교와 관련된 다양한 석상들이 복도와 벽면을 가득 채우고 있다.

숙소로 돌아가는 길에 궁금했다. '자카르타의 애칭이 왜 '커다란 두리안'이 되었을까? 열대 과일 두리안이 갖는 이중성 때문이지 않을까?' 하는 생각이 들었다. 뾰쪽한 가시가 박혀있는 외양과 달리 두리안의 속살은 말랑말랑하다. 특유의 냄새로 '악마의 과일'로 불리지만 맛이 독특하고 풍미가 깊어서 '과일의 황제'로도 불린다. 인도네시아 수도 자카르타도 두리안처럼 이중적인 특징을 지니고 있다. 교통지옥, 대기 오염으로 시민들과 관광객들에게 많은 불편을 초래한다. 그러나 자카르타 내부를 들여다보면 인도네시아의 정치, 경제, 문화의 중추적인 역할을 하며 다양한 부족으로 이루어진 인도네시아를 통합하는 중심지 역할을 하는 곳이다.

'두리안을 감싸고 있는 가시 하나하나가 자카르타가 해결해야 할 문제가 아닐까?' 하는 생각도 들었다. 높은 빈민층 비율, 환경 오염, 지반 침하……. 이러한 문제가 해결되어 뾰쪽한 가시가 박힌 두리안이 아닌 누구나 편안하게 안을 수 있는 둥글둥글 커다란 두리안, 자카르타가 되길 바란다.

part 6

현지인으로 생활하기

무시 강(江)의 사랑 이야기

8월 마지막 날, 팔렘방에서 맞이하는 첫 주말이었다. 토요일에 수업이 없지만, 선생님들은 학교에 출근한다. 근무 규정상 파견 교사는 주말에 출근하지 않아도 된다. 하지만 선생님들의 생활이 궁금해 출근하기로 전날 협력 교사와 약속했다. 평소처럼 아침을 맞이했다. 5시에 일어나 6시까지 샤워 및 실내에서 운동했다. 1층에 있는 호텔 식당에 내려가 간단히 흰 쌀죽, 현지식 수프, 식빵, 파파야, 수박으로 아침 식사를 했다.

교무실에 도착하니 선생님들이 서로 인사를 나누고 있었다. 7시가 되자, 에어로빅하려고 모두 운동장으로 내려갔다. 에어로빅 대형을 맞추는데 낯선 얼굴이 많이 보였다. 고등학교 선생님과 함께 행사한다는 것을 뒤에 알게 되었다. 강사의 율동에 맞춰 에어로빅을 따라 하는데 끝날 낌새가 보이지 않았다. 나도 모르게 불만의 목소리가 입 밖으로 터져 나왔다.

"아니, 주말에 나와서 이게 뭐람."

뜨거운 햇빛을 맞으며 난생처음으로 해본 에어로빅이 지루하고 길게만 느껴졌기 때문이다. 여선생님들은 내면 깊숙한 곳에 자리를 잡은 스트레스를 날리려는 듯 목청껏 소리치고, 신나게 몸을 흔들어 댔지만.

에어로빅이 끝나고 고등학교 선생님과 배구를 했다. 한국에서 친목 배구는 일반적으로 9인제 경기를 하는데, 6인제 경기였다. 이 선생님과 나도 선수로 경기에 뛰었다. 키가 큰 이 선생님은 배구에 재능이 있었다. 강하게 스파이크를 성공시키고, 몸놀림이 빨라 수비에도 능했다. 나는 학교 친목 배구에서 수비를 자처한다. 6인제 경기는 나의 한계를 절실히 드러내 선수 교체로 위기를 벗어났다. 선생님들의 열렬한 응원에도 불구하고, 공방(攻防)을 이어가던 경기는 안타깝게도 우리 팀의 패배로 막을 내렸다.

교무실로 향하던 나의 발걸음을 요하나(Yohana) 선생님이 붙잡았다. 짧은 영어 단어와 함께 탁구 치고 싶다는 제스처를 했다. 그녀는 사베리우스 마리아 중학교에서 최고령이며 종교 과목을 가르친다. 탁구장으로 안내하는 그녀를 따라가 30분간 땀을 흘렸다. 운동을 마치고 나오니 운동장이 텅 비었다. 조금 전까지 운동을 즐기던 선생님들의 흔적을 찾을 수 없었다. 요하나 선생님과 함께 교무실로 올라가니 책상마다 음식이 올려져 있었다. 무려 3종 세트였다. 학교에서 점심으로 제공한 두 종류의 음식과 생일을 맞이한 선생님이 낸 음식 한 가지였다.

몇 분의 선생님과 알버트가 학교 근처에 있는 전통 시장 방문을 제안했다. 출발에 앞서 협력 교사 마가레타 선생님이 시장이 매우 붐비니 소지품에 주의하라고 신신당부했다. 그러나 우리나라의 전통 시장과 별반 다르지 않았다. 단지 도로가 정비되지 않아 무질서한 면은 약간 있지만, 위험 요소는 전혀 느낄 수 없었다. 시장을 둘러보는 동안에 마가레타가 밤이 되면 야시장이 열린다고 설명해 주었다.

다양한 상품을 판매하는 상점에서 나의 시선을 단번에 사로잡아 발걸음을 멈추게 하는 가게가 있었다. 이슬람 여성들이 머리에 쓰는 질밥(Jilbob)[7]을 판매하는 곳이었다. 마네킹 머리 위에 다양한 색상과 무늬로 멋을 낸 질밥이 씌워져 있었다. 호기심 어린 눈길로 쳐다보는 나에게 마가레타가 "이슬람 여성은 패션의 완성을 질밥으로 한다"라고 알려주었다.

좁은 시장 골목을 걷다 무시 강변에 도착했다. 강둑을 따라 산책하는데 유람선들이 보였다. 유람선이라기보다는 소형 선박을 운항

---

7) 이슬람 여성이 얼굴 일부와 머리만을 두르는 천으로 인도네시아어 표기다. 아랍어로는 히잡(hijab)이라고 한다.

하는 선장이 우리 일행에게 호객행위를 하는 것 같았다. 선장과 이야기를 나누던 알버트가 배를 타라고 했다. 눈앞에 바로 펼쳐진 암페라 다리 주변을 잠시 들러보는 줄 알았다. 하지만 배는 다리 방향과는 정반대로 물길을 따라 강 하류로 한참을 내려갔다. 강 중앙에서 물살을 가르며 달리던 배가 강 가장자리로 방향을 틀어 수상 가옥처럼 보이는 곳에 멈추었다. 선장이 대화를 나눈 후, 다른 곳으로 배를 옮겼다. 무슨 일인지 마가레타에게 묻자 "기름을 넣기 위해 멈춘 것이다"라고 했다. 선장이 배를 멈춘 곳은 수상 주유소였다. 다른 곳에서 주유를 마친 선장은 강 하류를 향해 배의 속력을 높였다. 주변에 공장들이 보이고 노동자들이 선박에 화물을 싣고 있었다. 노동자들의 모습이 시야에서 아득히 멀어질 때 강어귀에 떠있는 섬에 당도했다.

암페라 다리

'Selamat Datang Di Pulau Kemaro.(케마로 섬에 오신 것을 환영합니다.)'라고 쓰인 표지판이 보였다. 수업 시간에 학생들이 팔렘방에서 꼭 방문해야 할 곳으로 추천한 공원이다. 팔렘방의 랜드마크인 암페라 다리에서 약 6km 떨어진 삼각주에 형성된 섬이다. 섬 중앙에는 9층 높이의 탑이 있고, 산책로가 잘 조성되어 있다. 산책을 즐기는 관광객들이 탑을 배경으로 사진을 찍고 있었다. 함께 거닐던 마가레타가 알려주었다. 무시 강과 케마로 섬에 관한 다양한 전설이 있다는 사실을. 화교 출신인 그녀가 어린 시절 부모님에게 들은 케마로 섬에 관한 전설을 들려주었다.

"고대 스리위자야 왕국 시절에 중국의 탄부안(Tan Bu An) 왕자가 무역을 위해 팔렘방에 도착했다. 그는 시티 파티마(Siti Fatimah) 공주를 만나서 사랑에 빠졌다. 국왕의 결혼 승낙을 받은 그는 공주와 함께 본국으로 돌아갔다. 부모님께 결혼을 허락받고, 국왕에게 바칠 선물을 가져오기 위해. 중국으로 돌아간 탄부안 왕자는 아버지에게 자초지종을 설명하고 스리위자야 국왕에게 바칠 선물을 요청했다. 그는 선물이 담긴 항아리 7개를 배에 싣고, 무시 강에 도착했다. 무시 강어귀에 도착한 탄부안은 항아리 속에 담긴 선물이 궁금해 열어 보았다. 그러나 금은보화는 보이지 않고 소금에 절인 채소만이 그의 눈에 들어왔다. 실망과 분노에 사로잡힌 왕자는 아버지가 준 선물을 무시 강에 던져버렸다. 그런데 마지막 항아리가 갑판에 떨어져 깨졌다. 배 위에 흩어진 금은보화를 본 순간, 그는 자신의 실수를 깨달았다. 왕자는 부하와 함께 보물을 찾기 위해 무시 강으로 뛰어들었다. 하지만 그들은 돌아오지 않았다. 함께 있던 공주는 슬픔을 이기지 못하고 사랑하는 연인을 따라 무시 강에 몸을 던졌다."

케마로 섬은 팔렘방 청춘남녀의 데이트 코스이자 사랑을 맹세하는 곳으로 유명하다. 공원에 '사랑의 나무'라는 이름을 가진 나무가 있기 때문이다. 이 나무 앞에서 사랑을 맹세하면 결혼에 이른다는 이야기가 전해져 온다. 섬 중앙에 있는 9층 석탑은 팔렘방에 거주하는 화교들에 의해 2006년 건립이 되었다. 공원 한쪽에는 비극으로 막을 내린 전설의 주인공인 탄부안 왕자와 시티 파티마 공주의 무덤이 있다.

헤르미나, 마가레타, 유니스마, 필자, 이정훈

케마로 섬은 팔렘방에 거주하는 중국인들에게 매우 의미 있는 곳이다. 비록 전설 속의 인물이지만 그들의 조상 탄부안 왕자가 그 섬에 살았다고 믿고 있기 때문이다. 또한, 역사에 등장하는 명나라 환관 정화가 대원정 당시에 팔렘방에 도착하여 케마로 섬에 주둔했다고 여긴다. 매년 음력설이 되면 섬에서 축제가 열리고, 많은 지역민이 섬을 찾아 중국 전통 음식을 맛보고 놀이 등을 체험할 수 있다고 한다.

비운으로 막을 내린 연인의 이야기에서 팔렘방의 오랜 역사를 알 수 있었다. 먼 옛날부터 중국과 교류하면서 번성했던 스리위자야 왕국이 무시 강변을 따라 눈앞에 펼쳐진 듯했다. 유구한 역사를 간직한 채 도도히 흐르는 강물을 거슬러 암페라 다리로 향했다. 강변에 정박한 크고 작은 무역선에서 고대 해상 왕국의 흔적을 가슴으로 느끼며.

교사 체육 대회

주말에 '멸종 위기종'에 대한 수업안을 완성했다. 그 주 목요일에 학급에 적용한 후에 보완할 점을 수정할 계획이었는데, 학교 일정에 변경이 생겼다. 유니스마 선생님이 알려주었다.

"Mr. Yoon, 목요일부터 일요일까지 사베리우스 재단 소속 선생님들 체육 대회가 열립니다."
"학생들 수업은 어떻게 되나요?"
"정상대로 등교하여 3교시 수업이 끝나면 09:00에 귀가합니다."
"아…… 그래요…… 알겠습니다."

애써 감정을 숨기려 했지만, 나도 모르게 한숨 섞인 말투가 터져 나왔다. 주말에 공들여 수업안을 작성했는데 실행할 수 없게 되었기 때문이다.

학교 간 선생님들 체육 대회가 열리는 날이었다. 3교시 수업이 끝난 후 학생들은 하교했다. 개회식이 열리는 '사베리우스 7번 중학교'로 엔당, 요하나, 부디 선생님과 함께 출발했다. 가는 길에 한국에 관해 선생님들이 궁금해하는 것을 구글 번역기를 이용해 알려주었다. 날씨, 계절, 주식, 과일, 학교생활……. 대회 장소까지는 사베리우스 마리아 중학교에서 약 10km 거리였는데, 무척 멀게 느껴졌다. 도로 사정이 안 좋고 교통 체증이 심한 곳이 많아 팔렘방에 도착한 후로 가장 장시간 차를 탄 느낌이었다.

식장에 도착하니 이미 개회식을 하고 있었다. 사회자의 진행에 따라 관계자들이 단상에 나와 인사 및 안내 사항을 말했다. 유치원생이 춤과 노래를 했다. 연이어 중학교 학생들이 수마트라 전통춤을 선보이자 박수갈채가 터져 나왔다. 재단 이사가 연단에 올라 사베리우스 재단 역사에 관한 퀴즈를 냈다. 문제를 맞힌 선생님에게 운동복을 선물로 주는 행사를 한 후에 사회자가 갑자기 나와 이 선생님 이름을 말하며 소개했다. 한국에서 온 선생님이고 사베리우스 마리아 중학교에 근무하고 있다고. 연단으로 나오라는 줄 알고 당황하는 우리에게 알버트가 "일어나서 주변을 보고 인사를 하면 된다"라고 말해주었다. 어색한 동작으로 일어나 인사하자, 이곳저곳에서 환영의 박수가 터져 나왔다.

경기 종목은 배구, 농구, 탁구, 테니스, 낚시였다. 점심시간 후에 우리 팀의 배구 경기가 시작되었다. 나와 이 선생님에게 선수로 참여하라고 주위에서 권했지만, 이 선생님만 주전 선수로 활약했다. 선생님들의 열렬한 응원에도 불구하고 우리 팀은 큰 점수 차이로 패배했다. 선수 간 호흡이 맞지 않고, 상대 팀 거포가 쏟아내는 공격을 방어할 방패가 부족했다. 여선생님의 배구 경기장으로 이동했다. 우리 학교와 이웃한 고등학교 선생님이 한 팀을 이루어 상대 팀과 경기하고 있었다. 점수는 1대 1이었다. 나에게 간식을 많이 챙겨준 헤르미나 선생님이 선수로 뛰고 있었다. 동료 선생님들과 열심히 응원했지만, 애석하게 패했다.

낮 기온이 36도로 평소보다 더 더운 날이었다. 낮에는 야외 활동을 하지 않다가 경기장에서 응원하고 이곳저곳을 돌아다니면서 엄청 많은 땀을 흘렸다. 약 7주 생활하면서 덥다는 말을 입 밖으로 되새김한 날은 그날이 처음이었다. 현지인들은 어려서부터 기후에 적응되어서인지 더위에 대한 불평불만이 없었다. 한국 같으면 야외 활동을 자제하라는 공문이 올 듯한 무더운 날씨인데도 불구하고, 모두 밝은 표정으로 체육 행사를 즐기는 모습을 보면 '현지인들에게 날씨는 불평의 대상이 아니라 자신이 적응하고 조화를 이루며 생활해야 하는 친구 같은 존재가 아닐까?'라는 생각이 들었다.

그다음 날 학교에 출근하니 체육 대회 준비 이야기로 분위기가 다소 어수선했다. 낚시 대회가 있다며 알버트가 참가할 것을 권했

다. 대어를 잡겠다고 호언장담하며 흔쾌히 참석을 결정했다. 대회장
으로 가는 길에, 한 달 전쯤 선생님 몇 분과 즐겁게 낚시한 추억이
뇌리에서 솔솔 솟아났다.

　한 달 전 주말이었다. 나를 포함하여 4명이 낚시하러 갔다. 학교
에서 15km 떨어진 학교 재단 소유의 연못으로 메기를 잡기 위해
떠났다. 가는 길에 위나르토 교감 선생님이 식수와 미끼를 샀다. 숲
속에 크고 작은 연못이 5개 있었고, 낚시를 제안한 안토니우스는
이미 낚싯대를 드리우고 찌를 노려보고 있었다. 그가 준비해 준 낚
싯대를 던지니 바로 입질이 와서 한 마리를 잡아 올렸다. '야! 이거
물 반 고기 반이군!'이라고 생각하며 신이 난 나에게 안토니우스가
"크기가 작으면 살려줘야 한다" 해서 방생했다. 다른 연못으로 옮
겨 25cm 크기 3마리를 연이어 낚아 올리자, 알버트가 부러워했다.
동행한 이 선생님은 낚시에 경험이 없었다. 벌레를 싫어한다며 미
끼로 사용하는 귀뚜라미를 낚싯바늘에 끼우지 못했다. 내가 대신
미끼를 끼워주고 도와주자, 제법 큰 것을 잡아 올렸다. 잠시 후 알
버트가 족히 35cm가 넘는 메기를 잡은 것을 필두로 모두 대어를
낚았다. 한 시간도 되지 않아 8kg 정도 잡았지만, 드리운 낚싯대를
모두 거두었다. 물고기 잡는 재미에 빠져 뜨거운 태양의 존재는 잊
을 수 있었지만, 우리를 포위하여 앵앵거리며 공격하는 모기를 이
겨낼 수 없었기 때문이다. 안토니우스가 잡은 물고기를 요리해서
다음 날 학교에 가져오기로 했다. 그의 메기 요리를 기대하며 주말
낚시 체험을 마쳤다.

수업이 끝난 후 알버트와 함께 낚시 대회가 열리는 곳으로 갔다. 교회 옆에 농구장 두 배 크기의 연못이 있었다. 대회에 참가한 선수는 한 학교에서 4명씩이며, 개인전과 단체전으로 진행되었다. 정해진 시간 내에 가장 큰 물고기를 잡은 사람과 가장 많이 잡은 학교가 우승하는 방식이었다. 등록부에 서명한 후에 자리를 추첨했다. 준비한 낚싯대를 가지고 지정된 자리에 앉아 09:00부터 낚싯대를 힘차게 던졌다. '대어를 낚아야지' 하는 희망을 가지고. 빨갛고 노란빛이 선명한 찌가 똑바로 서 있는 수면 위를 물고기가 유유히 떠다녔다. 자신들을 잡으려고 수십 개의 낚싯바늘이 물속에 던져진 것을 아는지 모르는지.

한 시간가량 지났는데도 입질이 오지 않았다. 나만이 아니었다. 물 위에 떠있는 모든 찌가 미동도 하지 않았다. 찌의 움직임을 느끼게 하는 바람조차 한 점 없었다. 고요하고 적막한 순간, 한 선생님의 찌가 수면 위아래로 요동쳤다. 그가 손바닥만 한 물고기를 조심스럽게 끄집어냈다. 이후로도 오랫동안 물고기는 미끼에 관심이 없는 듯했다. 각 학교에서 온 선수들이 50명쯤 되었는데, 고기를 낚은 사람은 3명에 불과했다. 팔뚝만 한 물고기를 잡고자 하는 나의 의욕은 옆자리에 앉은 참가자의 담배 연기와 함께 희미하게 사그라졌다.

'지난번 낚시에서 단시간에 많은 물고기를 잡은 것은 기술이 아닌 굶주린 메기의 왕성한 식욕 때문이었다'라는 사실을 깨닫고 낚싯대를 접었다.

나흘 동안 진행된 교사 체육 대회가 막을 내렸다. 사베리우스 마리아 중학교는 테니스 종목 이외에는 좋은 성적을 거두지 못했다. 낚시 대회에 참가하여 물고기를 한 마리도 잡지 못했지만, 현지 선생님들과 함께 활동했다는 사실에 의미를 두면 뜻깊은 행사였다. 하지만 수업 결손이 항상 마음속 깊은 곳에 안타까움을 남겼다. 한국어 동아리 반은 1차시 수업을 한 후 학생들을 만나지 못한지 벌써 3주가 되었다. 예상하지 못한 수업 결손이 반갑지 않았다. 한국에서는 수업 결손이 있으면 내심 쾌재를 부를 때가 있었지만. 내가 계획한 수업안을 학생들에게 모두 지도하고 귀국할 수 있기를……

운동으로 친구 사귀기

인도네시아로 출국하기 전 '어떻게 하면 현지인을 쉽게 사귈 수 있을까?' 고민했다. 언어의 장벽이라는 난관으로 소통의 어려움이 있기 때문이었다. 그러다 '함께 운동하며 땀을 흘리는 것이 최선책이다'라는 생각이 들었다. 파견 전에 다시 시작한 테니스를 현지에서 계속하기로 마음먹었다. 나는 운동 신경이 뛰어나지 않다. 이것저것 여러 가지 운동에 기웃거렸지만, 남에게 드러내놓고 뽐낼 만한 기량까지 도달하지는 못했다. 파견 전, 순천 공공스포츠클럽에서 테니스 레슨을 받기 시작해 재미를 붙이고 있었다. 구글맵에서 현지 학교 근처에 테니스 코트가 있는지 확인했다. 다행스럽게도 두 곳을 찾을 수 있었다. 수업에 필요한 물품과 함께 테니스 라켓도 인도네시아행 항공기에 탑승시켰다. 운동을 통해 현지인과 소통하고 친구를 사귀기 위해서 였다.

현지에 도착하여 지리를 익힌 후 한국에서 사전 조사한 코트에 갔다. 실내 코트이고 조명이 설치되어 운동하기에는 좋은 조건이었다. 개인 지도를 하는지 알아보기 위해 현지인들과 대화를 시도했다. 대화가 되지 않자, 한 주민이 영어를 할 수 있는 남자에게 안내해 주었다. 그가 저녁에는 운동하지 않고, 오전에만 회원들이 이용한다고 설명해 주었다. 코치를 소개받기 위해 학교 근처에 있는 스포츠용품점에 들렀다. 테니스 교습을 받고 싶다고 말하니 코치 이름과 전화번호를 알려주었다. 협력 교사 마가레타에게 코치와 통화해 레슨비용과 강습 시간에 대해 알아봐 줄 것을 부탁했다. 그녀가 통화 한 후 비용은 시간당 15,000원이고, 내가 원하는 시간에 지도받을 수 있다고 했다. 코트가 숙소에서 멀어 걸어갈 수 있는 거리는 아니었다. 은당 선생님과 함께 코트 상태를 보기 위해 방과 후에 들렀다. 바닥이 시멘트로 된 야외 코트였다. 낮의 열기가 걱정되었지만, 다른 코트를 찾을 수 없었기에 일주일에 두 번 테니스 수업을 받기로 약속했다.

9월 첫 주 월요일, 테니스 레슨 첫날이었다. 호텔 직원 라시(Lacy)의 도움으로 그랩 택시를 이용해 코트에 도착하니 코치가 레슨을 준비하고 있었다. 뜨거운 태양 빛을 깊숙이 빨아들인 시멘트 바닥이 강한 열기를 내뿜고 있었다. 벌써 인도네시아 날씨에 적응이 되어 '이 정도는 견딜만하군' 하고 생각했다. 코치에게 나를 소개한 후 초보라고 이야기하자 그가 말했다.

"포핸드와 백핸드 스윙해 보세요."

내가 스윙하는 모습을 보고 그가 흡족한 표정을 지었다. 반대편 코트에서 바로 공을 던져주었다. 네트에 걸리는 공이 많았다. 몇 주일 동안 운동하지 않아서 공은 잘 맞지 않고, 조금만 뛰어도 목이 마르고 힘들었다. 포핸드와 백핸드로 공을 넘기기 위해 코트 좌우로 뛰다 보니 체력이 고갈된 느낌이었다. 휴식한 후 코치에게 발리 레슨을 제안했다. 약 한 시간 정도 지도를 받고 코치와 토막 영어로 대화를 시도했다. 완벽하지는 않았지만, 이해하는 데 어려움은 없었다. 1회 수업은 90분이었지만, 60분 하기로 하고 첫 수업을 마무리했다.

두 번째 지도를 받는 날이었다. 포핸드와 백핸드 연습을 시작으로 발리, 스매싱으로 연달아 연습했다. 아니 연습이라기보다는 혹독한 훈련에 가까웠다. 쉴 틈을 주지 않고 구석진 곳으로 보내는 공을 쫓아 뛰다 보면 나도 모르게 입에서 "헉, 헉, 아이고 죽겠네"라는 소리가 터져 나왔다. 잠시 쉬고 있는데 이슬람교도 여성 한 분과 젊은 남자아이가 코트에 들어섰다. 코치가 자기 자녀들이라고 소개했다. 그녀의 이름은 트렌시(Trency)이고 고등학교 교사다. 아들은 고등학교 3학년 학생이고 이름은 조코(Joko)다. 딸이 코치가 말한 내용을 영어로 알려주며 궁금한 점을 나에게 물었다. 어디서 왔는지? 무슨 일로 왔는지? 얼마나 있을 예정인지? 등. 자녀들이 아버지에게 테니스를 배워 주말에 테니스를 즐긴다고 했다. 코치는 아들이 팔렘방 지역 대회에서 우승했다고 자랑을 늘어놓으며 말했다.

"당신은 운이 좋은 겁니다."

"왜, 그렇죠?"

"나는 팔렘방에서 1위이고, 가장 유능한 코치입니다."

그는 팔에 힘을 주면서 들고 있는 라켓을 하늘로 치켜올렸다. 코치 선생님이 딸은 통역사로, 아들은 나의 연습 상대로 부른 것이다. 나의 개인 지도를 위해 온 가족이 동원된 것이다. 먼저 코치 딸과 랠리를 했다. 나와 비슷한 실력이어서 힘들이지 않고 즐겁게 할 수 있었다. 아들의 실력은 팔렘방 1위다웠다. 다양한 구질을 구사하는 그의 공은 받아내기 힘들었지만, 그가 나의 수준에 맞게 흐름을 조절해 주었다. 운동을 통해 새로운 현지인 가족과 사귀게 되었다.

테니스 코치 방방

파견 동료 교사 중 테니스를 즐기는 분이 있다는 것을 뒤에 알게 되었다. 광주에서 오신 여선생님이다. 그녀가 자신이 운동하는 코트는 실내여서 낮에 운동하기 좋은 곳이라고 소개했다. 그녀와 약속을 잡아 코트 여건도 살펴보고, 동호인들과 함께 운동하기 위해 주말에 방문했다. 코트에 도착하니 코치가 동호인들을 지도하고 있었다. 그룹 레슨을 받은 후에 동호인들의 경기를 관전하고 함께 게임을 했다. 코치는 내가 현재 레슨받고 있는 선생님과 친구였다. 친구에게 나의 이야기를 들었다며 다정하게 대해주었지만, 영어로 의사소통이 어려웠다. 그러나 동호인들과는 소통에 문제가 없었다. 한 회원이 주말에 오면 같이 운동할 수 있다고 운동 시간을 일러주었다. 그곳에서 레슨을 받지 않아도 함께 경기하는 것은 언제든지 환영한다는 말과 함께.

모처럼 상쾌한 주말 아침을 맞이했다. 전날 운동을 하면서 땀을 많이 흘렸고, 창밖으로 모처럼 맑은 하늘이 펼쳐졌기 때문이다. 헬스클럽에 가서 1시간 동안 근력 운동하고 테니스 코트로 출발했다. 전날 함께 운동한 해피(Happy)와 10:00에 만나기로 약속했다. 코트에 도착하니, 회원들이 이미 운동을 즐기고 있었다. 그들의 경기가 끝난 후 팀을 다시 편성하여 게임을 했다. 영어가 능숙한 해피와 내가 한 팀을 이루어 경기했는데 아쉽게도 패했다. 초보인 내가 너무 많이 실수했기 때문이다. 내가 득점할 기회를 놓쳐도 해피는 항상 나의 실수를 덮어주면서 온갖 격려의 말을 쏟아냈다.

"Never mind. Don't worry. You can do it. Cheer up."

이름대로 그는 항상 즐겁고 긍정적인 생각을 지닌 사나이였다. 오전 경기가 끝나자 파견 동료 여선생님이 도착했다. 그녀와 여성 동호회원이 한 팀이 되고, 나와 해피가 팀을 이루어 경기했다. 현지인들의 월등한 실력에 비해 우리는 초보 수준이었지만, 우리의 실수가 경기장에 웃음보따리를 한가득 풀어 놓았다. 그들과 함께 땀을 흘리고 운동하면서 인도네시아에 잠시 머무는 이방인이 아닌 진정한 현지인이 된 느낌이었다. 경기하면서 즐겁게 웃는 웃음이 스트레스를 날려주고, 회원들과 나누는 즐거운 대화는 인도네시아에서의 생활에 활기를 불어넣어 주었다. 학생들을 지도하는 기쁨과 어우러져 시너지 효과를 발휘하며.

한류 스타가 따로 있나요?

퇴근 후 그랩 택시를 호출했다. 며칠 전 테니스 코트에서 돌아오는 길에 택시에 두고 내린 모자를 찾으러 그랩 택시 사무실에 가야 했다. 팔렘방에서 주요 교통수단은 스마트 폰을 이용해 그랩 혹은 고객의 오토바이나 자동차를 이용하는 것이다. 현지인들은 자동차보다 요금이 저렴한 오토바이를 많이 이용한다. 그랩과 고객 앱은 구글맵과 연동된다. 앱을 실행해 목적지를 입력하면, 기사들이 호출에 응답하여 예약이 이루어진다. 호출자 근처에 있는 기사들이 응답하므로 빠르고 저렴하게 목적지에 도착할 수 있다. 오토바이 기사들은 승객이 쓸 헬멧을 가지고 다니며 승객에게 착용하게 한다. 택시도 같은 방법으로 이용한다. 앱을 실행하여 자신이 원하는 곳을 입력하면 주변 기사들이 응답하여 예약이 이루어지고, 요금도 핸드폰에 제시된다. 일반 택시와 비교하여 가격이 저렴하므로 인도네시아에서 주요 교통수단으로 이용된다. 그랩 택시는 기본료가 14,000루피아(한화 1,200원) 정도이며 거리에 따라 요금이 달라진다.

　사무실에 도착하니 안내인이 방문 목적을 물었다. 영어로 차에 두고 내린 모자를 찾으러 왔다고 이야기하자, 어리둥절한 모습으로 잠시 기다리라고 했다. 영어를 할 수 있는 아가씨가 와서 무엇을 도와줄 것인지 물었다. 방문 목적을 다시 설명하자, 나의 외모에서 한국인이라는 사실을 알고 한국말로 인사를 건넸다.
　"안녕하세요. 만나서 반갑습니다."
　"한국어를 잘하시네요. 한국어를 어디서 배웠나요?"
　"드라마와 유튜브에서 배웠어."
　"한국 가본 적 있어요?"
　"작년에 서울에 여행 갔다 왔는데 매우 재미있고 행복한 시간 보냈어."
　마치 여행 중인 것처럼 들뜬 목소리로 자랑을 늘어놓았다.
　"손님, 잠시만 기다려"라고 반말로 말하고 모자를 가지러 사무실 안쪽으로 걸어갔다. 그녀가 모자를 가지고 돌아오자, 즉석에서 한국어 수업을 시작했다. 손님이나 어른에게는 높임말을 해야 한다고 설명하면서 "잠시만 기다리세요"라고 말해야 한다고 알려주었다. 그녀가 유창하게 따라 말했다. 사무실에 있는 사람들이 우리의 대화를 듣고 킥킥거렸다.

물건을 찾기 위해서는 두 가지 절차를 밟아야 했다. 서류에 서명하고, 물건 전달하는 모습을 사진으로 남기는 것이다. 모자를 찾아 사무실 밖으로 나서려는 순간 나의 발걸음을 붙잡는 소리가 들렸다. 그녀가 "포토, 오케?"라고 소리쳤다. 그동안 인도네시아에서 수없이 들은 말이다. 사무실이나 상점 등에 방문했을 때마다. 나의 외모와 상관없이 한국인이라는 사실이 그들에게는 선망의 대상이 되었다. 현지인에게 사진 모델 역할을 해준 것이 헤아릴 수 없을 정도다. 그때까지 모델이 되어 현지인들과 카메라 앞에 선 몇 장면이 떠올랐다.

숙소인 위사타 호텔에 숙박한 다음 날 아침이었다. 안내대에서 손님을 맞이하는 리사(Lisa)가 말꼬리를 내리며 조심스럽게 말을 걸었다.

"함께 사진 찍어도……."

"아, 좋아요."

오히려 내가 좋다는 듯 흥겨운 목소리로 대답하자, 그녀가 마치 한국에서 온 연예인과 함께 사진을 찍는 것처럼 기뻐했다. 그녀는 그때까지 한국인을 만난 적이 없었고, 나는 그녀가 근무하는 호텔에 숙박한 첫 한국인이었다. 그녀는 사진을 증거로 남겨 친구들에게 자랑하고 싶어 했다. 특히 남자 친구에게.

그날 이후로 호텔 직원들은 나를 보면 "포토! 포토!"를 노래하며 핸드폰을 꺼내 들었다. 나는 그들이 원하는 자세를 취했다. 손가락

하트를 날리고 "김치~"소리로 미소 지으며.

위사타 호텔 직원

학부모회 임원을 역임한 분 댁에 초대받은 적이 있었다. 길이 낯설지 않아 살펴보니, 내가 운동하는 테니스 코트 주변이었다. 운동하러 오가며 길거리에서 인사를 나누었던 남자분이 초대한 분의 남편이었다. 그가 정원에 피어 있는 인도네시아 화초에 관해 설명해 주었다. 넓지는 않지만, 오밀조밀하게 잘 가꾸어진 가정집이었다. 집 안에 들어가니 김밥을 포함하여 다양한 음식이 차려져 있었다. 초대받은 사람보다 더 많은 지역 주민과 학생들이 자리하고 있었다. 한국인이 방문한다는 소식에 마을 주민과 학생들이 함께 자리한 것이다. 맛있게 음식을 먹은 후 빠지지 않고 치러야 하는 절차는 바로 '포토 타임'이었다. 지역 주민, 학생들과 정신없이 사진을 찍었다. 이곳저곳에서 부르면 성큼성큼 다가가 함께 "치즈" 혹은

"김치"를 소리 내며 활짝 웃었다.

그녀가 여러 자세를 잡으며 나와 사진을 찍자, 주변에서 킥킥대던 사무실 직원들이 순식간에 우리 주위로 몰려들었다. 물건을 찾는 과정보다 사진 찍는 것에 더 많은 시간이 걸렸다.

사무실 밖으로 나와 호출한 그랩 오토바이를 기다리고 있었다. "안녕하세요"라는 인사말이 들리고, 한 사나이가 의자를 가져오려 했다. 테니스 레슨 시간에 늦지 않으려고 감사의 인사만 나누고 도착한 그랩 오토바이에 올랐다. 팔렘방에서 생활한 지 한 달이 넘었지만, 오토바이가 위험하다는 생각에 오토바이를 타지는 않았다. 그날은 그랩 사무실에 방문한 기념으로 오토바이를 이용하기로 마음먹었다. 기사가 건넨 헬멧을 착용하자 매연을 내뿜으며 오토바이가 도로를 질주했다. 땅에서 솟구치는 뜨거운 열기와 작열하는 태양빛을 벗 삼아 오토바이 타기는 쉽지 않았다. 도로를 달릴 때는 상쾌한 바람이 잠시나마 무더위를 잊게 했지만, 정차하는 순간 머리를 꽉 조이는 헬멧에서부터 땀이 흘러내렸다.

오토바이를 타고 가는 동안 나는 기사의 옷깃을 꼭 붙잡았다. 혹시 급정거하여 떨어질 수도 있다는 걱정 때문이었다. 그러나 오토바이 뒷좌석에 탑승한 현지인들은 운전자나 좌석 손잡이를 잡지 않고 표정이 태연스럽다. 마치 곡예 운전을 하듯 빠르게 달리는 오토바이 뒤에서도 여유롭게 핸드폰을 만지작거린다. 오토바이 운전자의 현란한 운전 기술을 보면서 나도 모르게 감탄사가 절로 터져 나왔다.

현지에서 생활하면서 다양한 곳에서 다양한 사람과 사진을 찍었다. 이발소, 은행, 관공서, 상점, 공원……. 그들은 나의 외모에서 내가 한국에서 온 사람이라는 것을 단번에 알아냈다. 내가 한국인이라는 사실을 인정하면 함께 사진 찍기를 요청하거나 "안녕하세요"라고 인사를 했다. 사진 찍을 때, 인도네시아 사람들이 즐겨 취하는 자세는 주먹을 쥔 상태에서 엄지손가락을 세우는 모습이다. 한국 드라마 팬들은 엄지와 검지를 이용하여 손가락 하트를 만들고 "사랑해"라고 말했다. 그들과 함께 사진을 찍을 때, 파견 교사라는 나의 신분을 잠시 잊곤 했다. 마치 내가 정말 한류 스타가 된 느낌이었다.

인도네시아 전통 무용 예술가

생과 이별, 장례식

수업을 마치고 교무실에 들어서자, 분위기가 침울했다. 선생님들의 표정에 어두운 그림자가 드리워져 있었다. 차를 마시거나 잡담을 나누던 평소의 모습이 아니었다. '무슨 일이지?' 궁금해하며 내자리에 앉자, 유니스마 선생님이 말했다.

"사베리우스 재단 소속 선생님이 오늘 돌아가셨어요."

"아! 안타깝네요."

"일찍 수업 마치고 모든 선생님이 영결식 미사에 참석합니다."

장례식에 참석하기 위해 일찍 하교한다는 것이 이해되지 않았다. 시작종이 울리자, 선생님들이 어두운 표정을 한 채 교실로 향했다.

'수업을 마치고 가도 될 텐데' 생각하며 나도 교실로 향했다. 수업 도중에 그날 일정을 일찍 끝낸다는 안내방송이 나왔다. 전후 사정을 알지 못하는 학생들은 환호성을 내질렀다. 교무실에 도착하자 선생님들이 출발 준비를 하고 있었다. 알버트가 장례식 참석 여부를 물었다. 대답을 주저하자, "퇴근하거나 아니면 선생님들과 동행해도 좋다"라고 말했다. '내가 인도네시아에 온 목적이 무엇인가? 교육 교류와 문화 체험이 아니었던가.' 동료 교사 이 선생님과 상의하여 참석하기로 했다.

영결식이 열리는 곳은 멀지 않았다. 학교에서 차로 20분쯤 걸렸다. 주차장에는 이미 오토바이와 차량이 가득했다. 선생님들과 함께 골목길에 들어서자 '슬라맛 잘란(Selamat Jalan, 안녕히 가세요.)'이라고 쓰인 근조 화환이 눈에 들어왔다. 집 앞 골목에는 영결식 미사를 위한 준비가 이루어지고 있었다. 대문 입구에는 조의금 통이 놓여 있었지만, 조의금을 넣는 사람은 많지 않았다. 골목에 의자가 길게 배치되어 있고 상주에게 위로의 마음을 전한 사람들이 앉아 있었다.

선생님들과 함께 거실로 들어갔다. 한쪽 편에 커다란 유리 상자가 있고, 안에는 망자의 시신이 안치된 관이 있었다. 반대편에는 상주들이 담담한 표정으로 앉아 조문객을 맞이하고 있었다. 조문객은 가족들과 악수하며 위로의 말을 전하고, 관이 안치된 쪽으로 가서 고인을 위해 기도를 드렸다. 나도 그들과 함께 돌아가신 분이 천국에서 영면에 들기를 바라는 마음으로 기도했다.

밖으로 나오자 준비된 의자에 조문객들이 많이 있었다. 팔렘방 사베리우스 재단 소속 선생님들이 거의 모두 참석한다고 했다. 오랜만에 만난 선생님들은 침통한 분위기 속에서도 반갑게 인사를 나누고 있었다. 빈자리에 앉자, 옆자리 선생님이 "안녕하세요"라고 인사했다. 사베리우스 재단 소속 고등학교 영어 선생님이셨다. 자신이 한국 드라마 팬이며 매일 저녁 드라마를 시청한다고 했다. 미사를 주도할 신부님을 기다리는 동안에 그녀가 인도네시아 장례식에 관해 설명해 주었다.

한국은 삼일장을 치르지만, 인도네시아에서 장례식은 하루 만에 끝난다. 새벽이나 오전에 임종하면 그날 오후에 매장하고, 오후에 사망하면 다음 날 오전에 장례 절차를 마무리한다. 무더운 날씨 탓도 있지만, 영혼의 안식처가 소멸했기 때문에 빨리 장례식을 마치는 것이 고인에게 고통을 주지 않는 것이라는 믿음 때문이다. 상주들도 소리 내어 울지 않는다. 고인이 현세의 고통에서 벗어났다고 생각하기 때문이란다. 큰 소리로 울면 자신이 믿는 종교에 대한 믿음이 부족하다고 여겨진다. 그녀의 설명을 들으니 선생님들이 수업을 일찍 마치고 서둘러 장례식에 참석한 것과 상주들이 담담한 표정으로 조문객을 맞이하는 모습이 이해되었다.

신부님과 수녀님이 도착했다. 돌아가신 분의 약력 소개로 미사가 시작되었다. 신부님이 기도를 드렸고, 중간중간에 추모객과 함께 찬송가를 불렀다. 돌아가신 분을 추모하는 이야기도 이어졌다. 미사는 기도와 찬송가를 반복하며 1시간 20분간 계속되었다. 신부님들이 조문객들에게 '성체'를 나누어 주는 것으로 장례 미사가 끝났다. 가족분이 나와 참석자에게 감사 인사를 드리고 장지에 관해 설명했다. 장례식을 마치고 떠나는 조문객에게 가족들이 빵과 물을 나누어 주었다.

장례식 미사

오전에 일찍 하교가 결정되었을 때 학생들은 즐거워했지만, 나는 수업 결손이 아쉬웠다. 하지만 장례식에 참석한 후에 내 생각은 바뀌었다. 비록 인도네시아인의 주류를 차지하는 이슬람 방식이 아니라 가톨릭 종교 절차에 따른 장례 의식이었지만, 그들이 삶과 죽음의 경계를 넘는 과정을 지켜볼 수 있었기 때문이다. 현지인들이 죽음을 받아들이는 방식과 남겨진 가족들을 위로하는 모습을 보면서 그들의 문화에 한 발짝 깊숙이 다가갈 수 있었다.

만남을 기약하며

어느덧 팔렘방에서 생활한 지 10주의 시간이 흘렀다. 지나온 날들을 떠올려 보면 하루하루가 즐거움의 연속이었다. 현지인들과 어울려 새로운 문화를 체험하고, 문화유적을 관람하고, 새로운 음식을 맛보는 것은 나의 오감을 일깨워 삶에 활력을 불어넣었다. 하지만 계획된 12주의 생활을 끝내지 못하고 자카르타로 학교를 옮기게 되었다. 장기간의 산불로 인하여 대기질이 최악으로 치닫고 동료 교사 한 분의 건강 상태가 나빠졌기 때문이다. 팔렘방에서 정을 나눈 이들과 이별의 순간이 다가온 것이다.

학부모님의 두 번째 식사 초대를 받았다. 우리와의 이별을 아쉬워하는 송별식이었다. 알버트와 함께 대문 안으로 들어섰다. 이층집 높이만큼의 커다란 망고나무 한 그루에 푸른빛을 머금은 망고 열매가 주렁주렁 매달려 영글어 가고 있었다. 마당 한 편에는 아기 예수를 안은 성모 마리아상이 놓여 있었다. 집주인이 가톨릭 신자라는 사실을 알려주듯이 성스러운 모습이었다.

집안에서 기다리고 있는 선생님과 학부모님들이 반갑게 맞아 주었다. 지난번 초대보다 더 많은 음식이 준비되어 있었다. 이별을 아쉬워하며 학부모님 대표가 이 선생님과 나에게 준비한 선물을 주었다. 그동안 우리와 함께 찍었던 사진을 모은 사진첩과 바틱 의상이었다. 선물 받은 옷을 입고 나오자 모두 "멋있다"라고 말했다. 새옷을 입은 기념으로 선생님, 학부모, 학생들과 '포토 타임'을 가졌다. 준비된 인도네시아 음식의 맛과 향을 음미하고, 그동안 즐거웠던 추억에 관한 이야기를 나누며 이별의 아쉬움을 달랬다.

사베리우스 마리아 중학교에서 마지막 수업 날이었다. 6시에 출근하여 이 선생님과 등교하는 학생들의 손을 잡으며 아침 인사를 나누었다. 7시에 학생들이 운동장에 모였다. 교장 선생님의 인사말로 송별식이 시작되었다. 이 선생님과 차례로 연단에 올라 준비한 인사말을 했다. 그때 영어로 말한 작별 인사말을 번역하면 다음과 같다.

"존경하는 선생님과 친애하는 사베리우스 마리아 중학교 학생 여러분, 먼저 여러분 모두에게 감사하다는 말을 드리고 싶습니다. 두 달 전 이곳에 처음 도착했을 때, 여러분들은 따뜻한 마음으로 저희를 환영해 주었습니다. 여러분의 진심 어린 환영으로 저는 새로운 환경에 대한 두려움을 극복할 수 있었습니다. 사베리우스 마리아 중학교에 두 달 근무하는 동안 선생님, 학생 여러분과 즐겁게 지냈습니다. 펨펙, 가도가도, 카레독, 미클로, 른당 등 다양한 인도네시아 음식을 맛보았습니다. 너무 맛있어서 한국 음식 먹고 싶은 생각이 나지 않았습니다.

여러분 나라의 아름다움과 문화유적을 경험하기 위해 여러 곳을 방문했습니다. 인도네시아는 매우 아름답고 소중한 문화유적을 많이 간직하고 있습니다. 여러분은 여러분 나라에 대해 긍지를 가져야 합니다.

팔렘방에서 가장 소중한 경험은 여러분을 가르친 것이었습니다. 수업 시간에 여러분은 한국 문화를 이해하고 한국어를 배우려고 큰 노력을 기울였습니다. 다양한 주제로 수업할 때 매우 협조적이었고 좋은 태도를 보여주었습니다. 여러분은 제가 가르친 학생 중에 최고의 학생이었습니다. 인도네시아는 한국에서 멀리 떨어져 있습니다. 제가 언제 다시 팔렘방을 찾게 될지는 알 수 없습니다. 그러나 저는 이별을 말하고 싶지는 않습니다. 사베리우스 마리아 중학교에서 여러분과 함께한 소중한 경험을 저의 가슴에 영원히 간직할 것이기 때문입니다. 여러분과 함께한 매 순간은 나의 가슴에 영원히 새겨질 것입니다. 나의 가르침이 인도네시아와 한국 양국 관계 증진에 도움이 되기 바랍니다. 인도네시아, 팔렘방, 사베리우스 마리아 중학교 선생님, 학생 여러분 모두 사랑합니다. 팔렘방은 나의 제2의 고향이고, 인도네시아는 나에게 제2의 모국입니다. 여러분 사랑합니다."

인사말을 마치고 내려오는데, 마음이 울컥하여 눈물이 났다. 루앙 피킷에 들어가 마음을 진정시키고 나오자 교장 선생님이 학교에서 준비한 선물을 주었다. 학생들이 개인별로 준비한 선물을 받고 학급별로 돌아가면서 단체 사진을 찍었다. 송별식이 끝나고 평소보다 늦게 1교시 수업이 시작되었다. 남은 시간이 길지 않아 학생들에게 기타 연주를 들려주었다. 남들 앞에서 처음 연주하는 것이라 어색하고 실수를 많이 했지만, 학생들은 처음 듣는 한국 노래를 호기심 가득한 눈빛으로 감상했다. 남은 시간은 이 선생님의 한글 수업으로 사베리우스 마리아 중학교에서 마지막 수업을 끝마쳤다.

학생들이 하교한 후에 다시 한번 송별식이 열렸다. 선생님, 학부모님과 함께 빈 교실로 갔다. 위나르토 교감 선생님이 사회를 보았다. 라우나 선생님의 기도로 송별식이 시작되었다. 그녀는 우리를 배려하여 영어로 기도했다. 그녀의 기도 내용은 다음과 같다.

"하나님, 예수님, 그리고 성령의 이름으로 기도드립니다. 우리에게 이러한 시간을 허락해 주신 당신의 은총에 감사드립니다. 특히 우리에게 행복, 새로운 경험과 지식을 알려준 Mr. Yoon, Mr. Lee와 함께 자리하게 해주셔서 감사합니다. 그들이 어느 곳에 있든 항상 행복하길 바랍니다. 그들과 함께 한 행복이 우리 모두에게 아름다운 추억으로 남을 수 있게 해주시기 바랍니다. 준비된 식사를 하면서 당신의 축복을 느끼겠습니다. 모두가 우리에게 건강한 음식이길 기원합니다. 당신의 이름에 영광이 영원하기를 아멘."

기도가 끝나고 교장 선생님이 인사말을 했다. 학부모님과 여선생님들이 우리를 위해 노래를 불러주었다. '세상에나!' 내가 교사 대상 한글 수업 때 가르친 '아리랑'을 합창했다. 행정실 직원 아르디안의 전자 키보드 반주에 맞추어서. 나에게 한글 수업을 받은 분은 일곱 분이었는데, 언제 연습했는지 모든 여선생님과 학부모님이 함께 아리랑을 노래했다. 가슴에 감동이 밀물처럼 밀려와 눈물샘을 자극하는 순간이었다. 선생님들의 합창이 끝나고 우리를 대표하여 이 선생님이 노래를 한 곡 했다. 선생님들의 성화에 나도 노래했다. 한글 수업 시간에 가르친 '사랑해'라는 말이 많이 나오는 <사랑해>를 불렀다. 학교에서 준비한 선물과 선생님들이 개별적으로 준비한 선물이 책상 위에 수북이 쌓였다. 나와 이 선생님도 준비한 선물을 교장 선생님에게 전달했다. 선물을 교환한 후에 교장 선생님이 우리를 위해 노래를 한 곡 부르자 선생님들이 함께 노래했다. 행사가 끝난 후 운동장에서 단체 사진을 찍고, 준비된 점심을 먹은 후에 송별회 일정이 끝났다.

송별회를 마치고 교장 선생님과 함께 사베리우스 재단 사무실에 갔다. 가딩 이사님에게 작별 인사를 드리기 위해서. 사무실에 도착하니 다른 학교 선생님이 함께 있었다. 가딩 이사가 "은퇴한 교장 선생님이 돌아가셔서 조문 가야 한다"라고 양해를 구하며 먼저 일어났다. 재단 소속 다른 이사 분과 대화를 나누고 학교로 돌아왔다. 교무실에 남아 있는 엔당, 부디, 라우나, 유니스마 선생님과 마지막으로 작별 인사를 하고 호텔로 돌아갔다. 호텔 건너편에 있는 한국 식당에서 저녁 식사를 했다. 밖으로 나오자 반가운 소나기가 내리기 시작했다. '아! 이제 팔렘방을 떠나려니 우기가 시작되어 공기가 깨끗해지려나' 생각하니 허탈한 기분이 들었다. 소나기가 그치자, 학교 운동장으로 산책하러 갔다. 학교 교정을 마지막으로 거니는데 즐거웠던 추억이 영사기에서 투영되듯 눈앞에 생생하게 펼쳐졌다. 유니스마와 헤르미나 선생님 덕분에 맛본 다양한 인도네시아 음식의 향기가 교무실 창문 틈으로 새어 나오는 듯했다. 그들이 음식에 가득 담은 새콤달콤한 정(情)이.

운동장을 돌며 생각했다. '파견 기간 중 가장 행복한 순간이 언제였을까?' 매 순간이 기쁨이자 즐겁고 행복한 시간이었다. 하지만 '무엇을', '어떻게' 가르칠지 고민하여 계획한 수업에 학생들이 적극적인 반응을 보이며 참여해 주었을 때가 가장 큰 기쁨이자 보람이었다. 깊어가는 밤그림자에 아쉬운 이별을 마음속 깊은 곳에 간직한 채 숙소로 발길을 돌렸다.

파견 근무를 마치며

대학 졸업 후 20대 중반에 교직 생활을 시작한 이후 벌써 33년의 세월이 흘렀다. 그동안 13곳의 학교에 근무하며 많은 학생을 만났다. 담임 선생님 혹은 영어 교사로 지도하는 학생의 장래에 조금이나마 도움이 되려고 노력했다. 함께 소중하고 행복한 추억을 만든 학생도 많지만, 나의 부족한 학생 지도 방식으로 아쉬움이 남은 학생도 있다.

사회가 변하면서 교사와 학생과의 관계에서 갈등이 늘고 있다. 학생들의 학구열도 예전과 비교해 시들어지고 있다. 선배 교사들의 정년과 명예퇴직을 지켜보면서 앞으로 남은 나의 교직 생활에 전환점이 필요했다. 또한, 교직 생활에서 오랫동안 마음에 품고 있던 나의 꿈, '원어민 교사'를 이루기 위해 '다문화 가정 대상 국가와의 교육 교류 사업'에 참여하게 되었다. 나는 파견 국가로 인도네시아를 희망했다. '다양성 속의 통합'을 지향하는 인도네시아가 교육 교류 사업의 목적에 적합하다는 생각이 들었기 때문이다. 2019년 8월 말부터 인도네시아에서 3개월 동안 원어민 교사로 교육 활동을 펼쳤다. 2018년 아시안게임이 개최된 도시, 팔렘방에 있는 사베리우스 마라아 중학교에서.

학생들과 첫 만남의 시간에 깜짝 놀랐다. 현지 학생들이 한국 문화와 한국어를 익히고자 하는 열정이 매우 높았기 때문이었다. 학생들에게 무엇을 지도할 것인지에 대해 고민했다. 수업의 목표를 '학생들의 세계 시민성 배양'으로 방향을 정했다. 설정한 목표에 도달하기 위해 수업 주제를 문화, 언어, 전통 노래, 멸종 위기 동식물, 유네스코 세계 문화유산으로 선정하여 수업 지도안을 작성했다.

교육 활동에서 내가 주의를 기울인 것은 일방적인 한국 문화 전달이 아닌 인도네시아와 한국 문화의 차이점을 학생들에게 알려주는 것이었다. 학생들이 열린 마음으로 다른 나라의 문화를 존중하고 자국 문화의 소중함을 깨닫고 계승하길 바랐기 때문이다. 더불어 수업을 통해 지구 환경 문제에 더욱더 많은 관심을 두는 세계시민으로 성장할 수 있는 초석을 다져주려고 노력했다. 수업을 준비하고 실행하는 과정에서 나의 세계시민 의식도 함께 성장했다.

인도네시아에서 펼친 교육 활동은 교직에서 이제까지 경험해 보지 못한 새로운 추억과 기쁨을 나에게 주었다. 등하교 시 만난 학생들은 항상 반가운 표정으로 인사를 했다. 선생님들은 내가 학생들을 지도할 때 항상 적극적으로 협조해 주었고, 다양한 경험을 할 수 있게 도움을 주었다. 일부 선생님은 인도네시아의 여러 전통 음식을 맛볼 수 있게 직접 요리해 주었다. 학생들의 경연 대회와 교사 체육 대회에 참가하여 그들의 문화를 직접 체험해 볼 수 있었다. 수업 시간에 들어가면 학생들은 환호성을 지르며 나를 반갑게 맞아 주었다. 내가 준비한 내용을 지도할 때는 능동적이고 적극적인 자세로 참여해 수업의 목표를 충분히 달성할 수 있었다.

2019년은 내 인생에서 가장 긴 여름을 보낸 한 해였다. 한국에서 한여름을 보내고 인도네시아에서 약 3개월 동안 한국보다 더 뜨거운 여름을 보냈기 때문이다. 그러나 사베리우스 마리아 중학교에서 원어민 교사로 현지 학생들에게 한국어와 한국 문화를 지도하면서 무더운 여름의 열기를 망각하고 생활한 소중한 시간이었다. 지금까지 여러 국가를 여행했지만, 현지인의 삶을 직접 체험하지 못하고 여행객으로 '수박 겉핥기'식의 여행만 했다. 하지만 인도네시아 파견 근무는 현지 학교에서 학생들을 지도하고 선생님들과 함께 생활하면서 인도네시아의 참모습을 경험할 수 있었다. 파견 기간의 경험은 내 인생에서 풍족한 양분이 되어 내 삶의 소중한 밑거름이 되고 있다.

인도네시아는 한국에서 비행시간이 약 7시간 이상 걸리는 멀리 떨어져 있는 국가다. 하지만 그곳에서 생활하면서 나의 마음속에 자리 잡은 소중하고 아름다운 경험들은 나에게 속삭인다. 인도네시아가 먼 나라가 아닌 가까운 이웃이자 제2의 고향이라고.

감사의 말

이 글은 인도네시아 파견 근무 기간에 쓴 일기가 바탕이 되었다. 글쓰기를 좋아하지 않지만, 현지에서 생활하면서 하루하루의 일상을 기록으로 남겼다. 함께한 소중한 사람들과의 행복한 순간을 기억하기 위해, 교육 활동을 계획하고 실행 후 반성하기 위해, 주어진 시간을 후회하지 않고 알차게 보내기 위해, 퇴근 후 저녁 시간의 무료함을 달래기 위해. 하루하루의 기록이 누적되자, '파견 근무를 마치고 돌아가면 기록한 내용을 책으로 출간해야지'라고 마음먹게 되었다. 그러나 귀국 후 반복되는 일상에서 내가 써둔 일기의 존재는 나의 두뇌에서 희미한 기억으로 사라지고 있었다. 글을 쓰는 것에 대한 두려움과 나의 나태함 때문에.

2023년 3월부터 나의 컴퓨터에 오랫동안 잠들어 있던 글에 생명

력을 불어넣게 되었다. 학생을 가르치는 교사에서 새로운 인생을 배우는 학습자의 길로 들어서며 '무엇을 배울까?' 고민하던 중에 순천시립도서관에서 나의 눈길을 끌어당기는 프로그램을 찾았다. 바로 '편집자의 눈으로 배우는 글쓰기'다. 강의 첫날 수강생들이 자기소개하는 시간을 가졌다. 강사님의 안내로 각자 자신을 소개하고, 프로그램에 참여하게 된 동기와 목표를 이야기했다. 나는 인도네시아에서 기록한 일기를 책으로 출간하고자 한다고 말했다. 나의 목표를 프로그램에 참여한 분들에게 알리니 의무감이 생겼다. 프로그램이 끝나기 전에 원고를 마무리하여 책을 출간해야겠다는 의지가 마음속에서 솟아났다.

강의를 들으면서 글쓰기의 기본을 하나하나 익힐 수 있었다. 하지만 이론과 쓰는 것은 별개였다. 글을 쓰는 과정은 험한 산을 등반하는 것보다 더 힘든 여정이었다. 강사님의 지도로 목차를 정하고 글을 쓰기 시작하여 한 꼭지 한 꼭지 차근차근 완성해 나갔다. 벚꽃이 꽃망울을 터트릴 때 시작한 나의 글쓰기 작업은 한여름 더위가 기승을 부리는 8월에 끝났다. 비록 초고 수준에 머문 부족한 글이지만, 아주 길고 힘든 시간이었다. 퇴고를 거듭하는 과정에 내가 쓴 글의 부족함에 부끄러웠지만, 책으로 출간하게 나를 이끌어준 분들에게 감사의 인사를 올린다.

충실한 강의로 글을 쓰는 과정을 자세히 지도해 주시고, 초고를 읽고 꼼꼼히 퇴고해 주신 '임재성 작가님'께 감사드립니다. 시민들이 자신의 이야기를 글로 쓰도록 좋은 프로그램을 기획하고, 출판 기회를 제공한 순천시립도서관 관계자에게도 감사드립니다.

글을 쓰는 과정을 지켜보면서 힘들어하는 나에게 지지와 격려를 보내준 사랑하는 나의 아내 류재숙, 예쁘게 성장해 준 나의 공주님들 윤진솔, 윤다솔, 윤해솔 고맙고, 사랑해요. 나의 큰딸, 진솔과 혼인이란 인연으로 새로운 가족이 된 나의 사위 이철순 환영하고, 사랑과 기쁨이 넘치는 행복한 가정 꾸리기 바란다. 그리고 나의 가정에 항상 애정과 관심을 기울여 주신 장모님 백복순 여사님과 작고 하신 장인어른 양산(楊山) 류중엽님께 감사드립니다.

지금은 고인이 되셨지만, 내가 가정을 꾸리고 행복한 삶을 살도록 인도해 주신 나의 아버지 청송(靑松) 윤정하님, 어머니 김경순님께 이 책을 바칩니다.

참고문헌

김상술. 아빠까바르 인도네시아. 그린누리. 2010

윤용인. 발리. 성하출판사. 2005

Balthasar Gracian. 나를 아는 지혜. 류시현 (역). 하문사, 1997

Cathie Draine & Barbara Hall. 인도네시아. 박영원 (역), 2005

Ernest Hemingway. 노인과 바다. 이인규 (역). 문학동네, 2021

교육부. "2021년 1차 학교폭력 실태조사 결과 발표". 2021.9.3.

외교부. "인도네시아 개황". 2022.6.

임성훈. "다문화·다민족사회의 사회통합 정책 연구". 2018.1.

고두현. "이 아침의 시" 한국경제, 2011.10.23.

https://www.hankyung.com/article/2011102226961

박노해, "박노해의 걷는 독서 Facebook", 2023.9.24.

https://m.facebook.com/parknohae/posts/1941503002703642/?locale=hi_IN

https://ko.wikipedia.org/wiki/인도네시아의_세계유산, 2023.07.12.

https://heritage.unesco.or.kr/유산목록/세계유산, 2023.05.12.

https://www.indonesia.travel/kr/ko/home, 2023.04.18

https://dnjzj.tistory.com/15, 2023.06.21